想想下北澤

吉本芭娜娜

劉子倩譯

目次

冥冥之中

仔細想想，當初我之所以想住在下北澤，有二個起因。

是久遠又微小得幾乎已經忘記的起因。

甚至到我真的打算遷居時，都沒想起那二個起因。

不過，如今我認為，這二件小事肯定只是悄悄沉入我心深處，默默等待實現的瞬間。

中學三年級時，我很想和本地的好同學一起讀都立高中。當時我只知玩樂，壓根沒用功念書，也沒有準備報考私立高中。

搭電車通學也很麻煩，所以我死都不幹。

當時我有輛心愛的腳踏車，所以我認為絕不可能去念腳踏車通勤範圍以外的學校。

如果我是個能夠把這些想法條理分明對父母講清楚的孩子就好了，可惜當時的我只是個軟弱的少女，與其對父母的話提出種種意見讓父母失望，我寧願默默接受他們的安排。

如今想來，實在很對不起父母，也浪費了絕不便宜的報名費。但這種事總是事後才明白。

父母，尤其是母親，對我的不用功很頭痛，她認為如果及時補救，至少我在學業方面應該還有一點基礎，去那種私立大學附設的直升式學校想必勉強能夠上大學。

那個判斷很正確。

我真的完全沒念書，因此後來所有大學都落榜了。就在我決定重考的那天晚上，抱著死馬當活馬醫的心態填了同學給的報名表，趕在最後一刻交出去，因此順利參加了考試，不知怎地就這麼糊里糊塗考上日本大學藝術學部。至今我還不大清楚自己怎麼會考上。

其實我小學時很愛看書，對學習也很有興趣，因此就算什麼也不做，成績照樣很好。

可是當我發現學校對我而言毫無意義後，我澈底失望了，再也不想加入學校這個體系。那種心情迄今仍絲毫未變。我曾反省過這是否是自己的錯。也做過種種努力試圖融入團體。但最後還是醒悟「學校對我毫無意義」，別人怎樣我不知道，但對我來說上學只是為了學習坐著發呆的痛苦。

由於忍耐太久，當時的心理陰影讓我至今都無法安分坐太久。身體會自動想起在學校的地獄時光開始暈眩。

當時正逢我家當地的中學小混混橫行囂張的時代，母親或許擔心萬一我和那些小混混將來繼續同校該怎麼辦。但是多虧校園秩序混亂、小混混胡作非為，我反而可以不引人注目地在課堂上睡覺或看自己的書，安靜做我喜歡的事情熬過上課時光。

報考那所位於町田的私立學校當天，我的英文聽力尤其考得一塌糊塗，因此我想鐵定會落榜，考完就和父親走過下北澤南口的商店街。

關於那次考試亂糟糟彷彿在自欺欺人的心情，我一輩子都忘不了。

試題也困難得讓我束手無策。雖然為了考試我也配合地做了某種程度的考前衝刺，但是超過那個程度的問題我就完全傻眼了。

數學花了太多時間，最後兩大題根本來不及寫；從喇叭播出難度相當高的英文聽力問題，猶如鴨子聽雷的我甚至懷疑這該不會是從外太空播放的，忍不住笑了出來。

唯有自己和一群陌生人呆坐在漂亮的教室聽外太空廣播的回憶，奇妙地留下明朗的印象。

那天飄著細雪。剛踏進校門，就有在校生冒著寒風站在戶外一一遞上傘套說「考試請加油」。那一刻我第一次有點後悔：「唉，要是用功一點就好了。沒想到這所高中給人的感覺這麼好。」可惜為時已晚，也太沒腦子。

那天的我就這樣帶著未消化的種種感觸，和父親去了下北澤。

當時我很確定自己會去讀都立高中。雖有不安，但我相信應該沒問題，至於如果連都立都落榜就真的沒學校可念的狀態我想都沒想過。只能硬著頭皮上，而且只能考上，當時多少也有點背水一戰的味道。

最後我考取了我想念的都立高中，一起去看榜單的朋友卻沒考上，我還記得我為了朋友莫名其妙地哭了。旁人以為我哭是因為考上了喜極而泣，還說「果然私立學校全部落榜打擊太大了」，其實根本不是那樣。看到比我更認真用功的朋友落榜痛哭，我很難過。

那天，傍晚雪霽微露陽光的下北澤閃閃發光充滿活力，我雖還年幼卻也不禁暗忖，傍晚還早可這地方已經很熱鬧了呢。

當時的我做夢都想像不到，將來竟會和我的孩子天天走過這同一條商店街。我原本打算一輩子都不離開老街，而且像一般人一樣以為結婚後也會住在父母家附近。

然而，冥冥之中自有天意安排。

是的，在那幾十年之後，我牽著自己年幼的孩子小手，走在這條昔日與父親走過的路上。不知是因為有緣所以莫名地留下記憶，還是當日留下的記憶促成這段緣分。

唯一能確定的是，那個下午強烈的回憶，帶給我的影響遠比升學考試更大。

當時的南口商店街沒有現在這麼多連鎖店，多半是歷史悠久的個人商店和喫茶店。也有很多稀奇的雜貨店，令人忍不住不時駐足瀏覽，或是在裝潢時尚的喫茶店喝茶。僅只是這樣的回憶，但那種熱鬧，顯然和我家那邊的谷中銀座商店街的熱鬧大不同。下北澤的熱鬧是為年輕人創造未來而存在，不是腳踏實地過生活的成年人買菜過日子的熱鬧。這點尤其吸引還年輕的我。

和父親走在老街以外的場所也很稀奇。

或也因此，我記得父親也抱著旅行的心態，似乎有點樂在其中。父親向來走路超快，但那天他放慢步調悠哉漫步街頭的樣子，快活得足以令我忘卻考試的挫敗。

如今父親已不在人世，當日的陰霾天空和冰冷空氣，以及沒念書就去考試的小小心虛，想來只有滿心懷念。

那時候，我甚至沒有將來想住這種地方的念頭。

因為我還沒那麼成熟。

周遭都是中學畢業就繼承家業或去黑道事務所上班、當了大叔的情婦出手闊綽的早熟中學生，我卻還是真正的小菜鳥。

雖已決定將來要當作家，卻還沒有「住在自己喜歡的地方」那麼長遠的想法。

如今我已四十八歲還能保持大學生的心態，或許也是這個緣故。因為一切都比人慢，所以到現在還是慢半拍吧。又或許這份工作就是得保持某部分的童心才做得下去。

下北澤還有另一個令我難忘的記憶風景。

就在沿著鎌倉街朝代澤方向，原本有個大型鐵路平交道。

直到不久前還風靡一時的 CICOUTE CAFE 曾經也在那裡，現在則是七草料理店和 NEJI 餐廳所在的位置。

二十歲出頭時，我走到那裡忽然心生一念。

啊，我見過這片景色。或許哪天我會住在這一帶……。

那個念頭隨風而去，被疾駛而來的小田急電車的噪音蓋過，並未留下記憶。

唯獨當時的天空顏色印象深刻。

那天，我獲准去住在下北澤的同班同學小智家過夜。我們在車站碰面，去如今已逐漸消失但當時全部的店都還開著，仍然充滿活力的北口菜市場。在菜市場燈泡照亮的商店買茄子和雞肉，小智說要下廚煮泰式咖哩給我吃。

還在家裡當米蟲的我，壓根不知道在家竟然也能簡單做出泰式咖哩這種罕見的料理，和好友邊聊天邊採購晚餐材料，然後煮好飯菜快樂共餐，這種事更是夢想中的夢想。

買完菜去小智家時，我站在如今已經消失的那個平交道前。絲毫不知那是命運的瞬間。

小智和她姊姊一起住，於是我和小智還有她姊姊一起吃了小智做的美味泰式咖哩。

再和小智小聲聊到半夜。

她姊姊已經出社會工作，因此姊姊睡覺時必須保持安靜。那種感覺也很成熟。身為粉領族的姊姊，衣架上掛著成熟的衣服。還有大學生買不起的ＬＶ皮包和小化妝包。

還是小孩子的我，當時懵懂思忖，成為大人一定樂趣無窮吧。

隔天早上，吃過早餐走出小智家不遠，就看到路中央站著個子超高超帥的男人，和身材超好超性感的女人。兩人都穿著一身黑衣，有個小女孩繞著兩人腳邊打轉，男人的懷裡還抱著一個小孩。

這一幕也太酷了吧，住宅區的搖滾夫婦，以及孩子們。

我癡迷地望著，或許是我的視線太火熱，那一家人很快就回屋裡去了。

「那是鮎川先生和SHEENA①。他們家有對雙胞胎耶。」小智說。

那種帥氣打從心底吸引了我，我在想，玩搖滾的人在家雖然多半和普通人無異，但真正從骨子裡秉持搖滾精神生活的人，無論何時何地遇見都很搖滾呢！

在我居住的老街，如果穿那種衣服帶小孩，肯定會立刻引起左鄰右舍的議論。老街居民親切隨和，想必會覺得很有趣也會欣然接受，但總之會變成很誇張的大新聞。

但在下北澤的路上，他們卻自然地融入環境中。

---

① 鮎川與SHEENA：吉他手鮎川誠與歌手SHEENA（本名鮎川悅子），合組搖滾樂團「SHEENA & THE ROKKETS」。

而且，或許這點絕對不曾被讚美過，但如果仔細觀察，在下北澤，大白天就有很多不知做哪一行的成年人衣著光鮮地四處閒晃。喝酒的地方也是一到傍晚就已人聲鼎沸。

我並不是想過那種生活，只是當時忍不住想，真想在身旁就有那種生活的地方住住看。那個念頭如同在那平交道看見的遼闊天空，想必就此深藏在我心中。

後來我真正搬到下北澤附近時已步入中年，工作也很忙，只能去那些會帶小孩去的地方。

小孩要上學，所以我跟著早睡早起，行程總是排得很滿毫無空隙，我被迫過著只能用「身不由己的社會人」來形容的生活。

我也不再像昔日那樣四處閒逛半夜出門喝酒天亮才回家，或是隨興進入陌生的店家在吧檯結交新朋友，在小酒廊唱卡拉ＯＫ和陌生人互相拍手喝采，被苦惱的朋友半夜叫出門談心事。

所以我在下北澤，其實未能過著想像中那樣的生活。

因為人生中的那種時期早已過去了。

即便如此，偶爾夜晚和小孩走過商店街，看到熟人的店還沒打烊，於是帶著小孩臨時起意進去只喝一杯時，在我心中，那個「七〇年代的夢想」碎片就會倏然閃現光芒。

肯定不只是因為我長大了。現在這個時代大家都活得忙碌又緊張。言行舉止彷彿被誰監視，看起來就像隨時隨地被時間追著跑。

雖然懂得那種感覺的世代已式微，但我想，至少那種昂揚的激情絕不能從心中消失。我想繼續懷抱昔日對城市有夢想時的那種夢幻情懷去創作。

走路

我以前住在世田谷區的上馬。

那是一個很悠哉的地方。

白天路上幾乎沒有行人，對面又是高知縣某公司的員工宿舍，因此或許是環境的關係，氣氛特別不拘小節，把窗簾和窗戶都敞開的人們在家大聲歡笑，入夜後也照樣彈鋼琴。我很喜歡那種氛圍。

附近有日間照顧中心，因此老人家即便不是約定的日子似乎也會溜出家門去那裡，經常得把偷溜去日間照顧中心的老人護送回家。

樓下的房東像自家人一樣親切，房租雖然有點貴，但是我想養多少隻大型狗都沒問題，怎麼吵都沒關係，堪稱這年頭難得一見的理想條件，因此我也不禁變得懶散，一住就住了十年之久。

在那裡住到最後時，樓上鄰居甚至養了小豬。

夜裡聽到天花板響起小豬咄咄咄的腳步聲時感覺很幸福，有天下午小豬的主人還讓我看小豬躺在汽車副駕駛座呼呼大睡的模樣，當時我這個超愛吃豬肉的人頭一次認真思考「或許以後不該再吃豬肉」。

有了小孩後，我開始對住處附近有二條大馬路如大河流經耿耿於懷。

以前沒小孩時，我甚至還覺得馬路寬敞很方便。

對於白天和傍晚搭電車行動的我而言，駒澤大學車站非常方便，晚間搭別人的車或坐計程車回來時，也只需說「請開到國道二四六線和環七交叉口旁」，簡直太省事了。

夜間工作時，我發現隱約有轟隆聲如河水聲流過。那其實是車輛川流不息的噪音，但人近中年獨自工作的我卻覺得那聲音很安心。那也是勾勒出都市生活的可愛聲音。

然而，有了孩子後，我開始感到不管去哪都得越過大馬路的生活規模於我而言太大了。帶著小嬰兒，我每天都得推著嬰兒車或抱著嬰兒慌張過馬路去超市。

乍看之下很方便，況且當地人大多也是開車行動，所以他們或許不以為意，但對於在老街長大，任何事物都近在身旁可以徒步或騎腳踏車解決的我，或許身體本能的感覺就不適合那種生活吧。

產後那段時期，身體的感覺大概像野獸。變成野獸的自己似乎無論如何都想回到自己從小培養出來的本能。

起碼在孩子還小時，我想住在類似自己從小長大有商店街的那種地方……這麼想的我，決心搬到靠近下北澤南口的代澤外圍。

雖然住處附近沒有商店街，但在我帶著小孩徒步可達的範圍內有商店街，而且基本上汽車不會進入，這是最大的優點。

搬離上馬的房子時，房東奶奶和我流淚互相傷心惜別是我人生中非常寶貴的回憶。

明明對父母都沒有這樣哭著說過「我走了」，看著房東，卻對今後沒有房東相伴的人生感到徬徨，為之落淚。

房東總是送她親手做的烤肉醬給我，每次看到我家小孩也會衷心微笑著哄他，如今想來，當時的我其實是被房東守護著吧。

雖然那棟公寓的大門保全系統很不可靠，任何人都能隨意進入，但我只要想到一樓有房東的女兒，二樓住著房東和兒子一家（四樓住著小豬。〔笑〕），就會有種置身在大家族的安心感。

當然大家族也有大家族的麻煩。鄰居這種生物在生活中不可能只有美好的一面，所以我們大聲吵架或吼小孩的聲音，想必大家都聽見了，房東家也有二位因遺傳因素行動不便的成員，連我們也能感受到那種生活的沉重。

即便如此，那裡仍有平凡無奇、彷彿從以前就有的家庭生活。

現代的房東，通常自己住四樓或頂樓，但那個房東一家人自己住在一樓和二樓，讓房客住在最好的樓層，以相應的價格出租，並且對此感到很自豪。房東是以前傳統式的房東，這點本身就勾起我的鄉愁。因為即便在我的老家，想法如此素樸的人都已經不多了。

傍晚，房東為家人做的料理總是用了麻油，香氣沿著樓梯飄上來。迄今每當我用麻油炒菜，都會想起在那個房子度過的溫馨夜晚。

那是無可取代的十年光陰。

到了現在這個年齡，漸漸明白人生之中的十年分量有多麼沉重。與房東在一個屋簷下安穩度過的那十年，我只有滿心感激。

如今即便是小巷道也隨時有車子開進來。新家門前也成了汽車的捷徑，總是有車經過。所以這方面有點失算，但至少小巷道不是只為汽車存在，這樣的巷道寬度正適合牽著蹣跚學步的孩子走路。不用再穿越車輛永遠川流不息的馬路，讓我稍微鬆了口氣。

在我住的期間，商店街也不斷變化。與生活息息相關的米店、肉店、蔬果店關門了，連鎖店、餐飲店和輕食酒吧越來越多，迄今這股潮流仍持續進行中。

既然是時代潮流那就沒辦法。

我自己如果去外縣市時沒帶替換的衣服，也會立刻尋找Uniqlo或無印良品深受其惠，沒時間的時候，也會慶幸能夠在大關超市一次採買齊全太好了！對這種超市文化感激得幾乎想頂禮膜拜。

即便如此，在我心中永遠保有昭和時代買菜的樂趣。

「老闆，今天我要買白蘿蔔，還有蘘荷。」「今天的番茄不錯喔，來，零錢找妳。要煮出美味的晚餐喔！」這樣對話一番後才拎著大包小包慢悠悠踏上歸路的幸福，以及一出門就沿路都是熟人，今天的狀態全被看光的煩惱與輕鬆，我希望今後的人們也能夠從別的地方體會到。

我完全沒有運動神經，因此無法騎腳踏車載著幼兒颯爽飆車去買菜。光是載著孩子就膽顫心驚無暇他顧，頂多只能推著腳踏車走路。買的東西再加上孩子的重量，就連推沉重的嬰兒車都很吃力，遑論腳踏車！

經常在百貨公司門口看到一手抱小孩一手俐落摺疊嬰兒車，隨即俐落鑽上計程車的人，真是讓我太崇拜了。換做是我，只能先把小孩放到地上再來處理，全部過程恐怕得花超過五分鐘……人各有所長與所短，沒法子。

因此，總之只好多走路。

和小孩一起時自然得慢慢走，有時也會覺得很無聊且耗費很多時間，弄得心浮氣躁甚至吵架，不過也能仔細看到平時視而不見的東西，或者停下腳步觀察別人。

那是住在上馬時得不到的體驗。因為那裡白天根本看不到人影。

下北澤白天也有人走來走去，入夜後更是人潮不斷。

我很喜歡那種熱鬧。大概是因為我畢竟是老街長大的吧。

現在，我的孩子已經跑得比我快，買零食給他或者說要把找的零錢給他，他就會幫我提沉重的東西。

我每次都很感動地想「果然長大了」，相對的，也不免感傷今後無法再牽著那軟綿綿的小手，自己也放慢腳步配合小孩動輒走得搖晃不穩的慢速度了。

現在不會在已經消失的平交道前苦等，不再去幾乎澈底消失的市場商店，用店門口的棉花糖機一起做棉花糖。

也無法再去如今已被別的店取代的義大利酒吧「Daniela」，一如往常地在買完東西回家前我喝一杯生啤酒，小孩喝血橙果汁，然後帶著微醺手牽手踏著夕陽回家。

也無法再去時尚漂亮又有品味的「CICOUTE CAFÉ」，吃小孩超愛的有很多蔬菜的濃湯了。

這麼一想，有太多東西都在轉眼之間逝去，令我為之愕然。

不過，無須徒傷悲。

因為今天一天的對話，以及走過的街頭，將會創造今後的人生。
沒時間散漫發呆了，抓住當下這一刻，總之必須熱切描繪今天。
唯有熱切描繪的今天，才能為自己留下美好的十年。

總之我希望各位去下北澤走一走。
走得腿瘦了就去咖啡店喝杯茶，接著繼續走。
數不清的各種人物在這裡哭泣，歡笑，喝酒，嘔吐，夢碎，失戀，或者找到幸福，同樣重複走過這條路。足跡想必一個也沒消失。街頭就像有幽魂透明重疊，沁染無數影子，無論風景如何改變，依然瀰漫那種氣息。
那是城市擁有的深奧，傷感，也是好處。

很久以前我還年輕時，和當時的男友在下北澤的路上分手。

男友有個雖已分手卻始終忘不了的前女友，當他面臨前女友的弟弟和我哪個可以留在他家過夜的問題時，他居然選擇了前女友的弟弟。

各位，請你們也來評評理，對方甚至不是前女友喔！

是前女友的弟弟！

我竟然輸給男人！

這個打擊太大令我決定分手，當場二話不說就攔下計程車回自己的住處，但當時的悲傷至今仍記得。

我和那個男友後來也歷經種種波折分分合合，但我總覺得到頭來那件事成了決定的關鍵。

——我想妳一定會同意，所以今天就讓她弟弟留下過夜吧，況且你倆住的地方比起來也是她弟弟更遠……如今想來，他只是做出理所當然的判斷，但當時的我畢竟難以接受。

明明三人可以一起打地鋪，甚至大家一起喝酒直到清晨第一班電車發車為止也行。

他不想讓我聽見他和前女友的弟弟談起她，這讓我很傷心。

偶爾，夜間送朋友去車站後，我牽著小孩的手仍會經過那個地點。

那個埋葬愛情的地點，正好在茶澤街的 Live House「Shelter」附近。

白天雖常經過，但只有同樣在夜晚那個時間經過時，才會稍微想起分手的那晚，不由微笑。

當時的我，作夢也沒想到自己有一天會住在這裡。

帶著小孩，一起吃著冰棒朝自家走去的這一天，照理說根本不可能來臨。

我很想告訴當日那個滿懷悲痛，兩眼發黑，在計程車上不停啜泣嚇得司機手足無措，孤單回到遙遠住處的我，「後來妳和別人結了婚住在下北澤，將會和妳的小孩走過這個地點喔。」

人生何其精彩，何其美好。

雖也有很多場所讓本來開心的事變得悲傷，但靠著同樣的力量，也有些場所讓悲傷的事變得開心。沒有什麼是永恆不變的。只要還活著就會不斷被更新，被改寫。

我想在這條街繼續那樣的生活。

並且與各種人擦肩而過，邂逅，離別。

這條街想必都看在眼裡。

書神

上次在B&B書店結束演講後，我去了偶爾才會去的某沙丁魚料理名店喝酒（這樣提示太明顯了，或許比寫出真實店名更糟糕）。

同行者都是一起製作這本小冊子②的成員，還有我的家人及員工等自家人。時間還早就開始喝酒，在店裡消磨許久。

② 本書的部分文章於二〇一三年八月至二〇一五年十一月期間，只刊載在B&B書店發行的同名小冊子上。

仔細想想，這是我第一次和一起製作這本小冊子的人去喝酒。彼此都很忙，開會討論也總是十分鐘就結束，平時關係相當淡漠。因為很少見面，偶爾在下北澤巧遇時甚至會互道：「妳真的在這裡啊！」

不過，感覺就像彼此從以前就是酒友毫無生疏感，讓我很驚訝。甚至要到聊起對方以前沒聽過的人生遭遇時才會驚覺，「啊，對了，其實我和這些人並不熟。」

想必是因為在我們的頭頂上都有「書神」才會如此親近吧。

自己真的有困難時能夠夢幻般地為我描繪出解決之道，任何時刻都陪伴身旁的書神——在今後的時代要尋找知道這種書神的同好恐怕更困難。

不過，就像聽地下樂團的人在八〇年代創造出濃郁美好的文化，書籍也大有可為喔！會這麼想的大概就是像我們這樣的人吧。

無論是B&B這樣堪稱書籍寶庫、可以親自造訪的實體書店，還是網路上的虛擬空間，為了該從成排書籍挑選哪一本而苦惱，或是想像會有怎樣的邂逅時那瞬間的喜悅，尚未從我們身上消失。

對於能夠帶領自己遨遊某個未知地方的書籍，我們肯定一直心存愛戀。並且將終生憑著單戀追逐它。

附帶一提，說來有點難以啟齒，在那間沙丁魚料理店很難要求自己想吃的東西，是相當高級的店（嘴上說難以啟齒卻講得相當明白）。

店內牆上和手邊的菜單雖有各式各樣的菜品，但客人如果說：

「我要韃靼魚肉拌飯！」「我要馬鈴薯沙拉！」

店裡的人就會用寸步不讓的氣勢，直接推銷他們想趕緊用掉的食材：

「比起韃靼魚肉今天更推薦生魚片喔！」「今天生菜沙拉的醬汁比馬鈴薯沙拉好。」

啊，這純粹只是打個比方喔（笑）！

雖然我們除了書神之外毫無共通點，不過好歹在書神指引下，迄今已去過數量驚人的酒館而身經百戰，因此碰上這種小場面絲毫不為所動。

「不，我今天就是為了吃韃靼魚肉才來的。」「我就是沒辦法吃綠色的生菜。」這樣面帶笑容和店主硬拗，也是去喝酒的刺激和樂趣之一。

那麼極端的例子應該很少見（笑），總之因應不同的店家不得不調整自己的原則，或是稍微端起架子，或是思考自己真正想要什麼，我想這些畢竟也是人生的樂趣之一。

整齊劃一的服務方式很無趣，如果總是去同樣感覺的店，空氣好像會停滯不動，自己內在的童心會感覺無聊。

那些也都是書神教我的，我很感激。

孩子還小時我們就搬來下北澤，因此每次走在南口商店街都有一丁點哀愁的預感——這段期間對人生和我們一家人而言，想必是最辛苦，但事後回想起來也最幸福的一段日子吧。

可我因為產後失調導致左腰疼痛及貧血，且高齡產子體力很差，光是照顧動輒發燒嘔吐的孩子就已精疲力盡，根本無暇享受生活，這點很可悲。早知如此應該趁著年輕更有活力時早點生孩子，這時就可以一邊陪孩子玩一邊靠體力撐過去了！

不過，那的確是一段寶貴時光。

無法行動自如的身體，不能用在自己身上的時間，在這種情況下，配合蹣跚學步的孩子過生活，是一生難得有幾回的美好體驗。

如今我兒子已經十一歲，最愛在晚上和媽媽散步。

當我工作晚歸他肚子餓時，他會主動邀我：「媽媽，要不要出去吃東西？」這麼一說才想起，在我小時候，晚上肚子餓的父親騎腳踏車載我去吃拉麵是最快樂的回憶。對小孩來說，在正常時間發生異於平常的事情總是特別興奮。

所以，我和兒子也興沖沖地一起去居酒屋或王將餃子店。

他已經會自己挑選菜單了，這也是一大變化。

我喝啤酒，他喝碳酸飲料，我們邊聊天邊吃宵夜，然後手牽手一起回家。當然我們會挑選人多的路線小心回家，不過只要不是半夜三點，基本上都可以安全步行，我深感日本這個國家的可貴，同時繼續創造回憶走下去。

父母已不在人世的我知道，再過不久，我的孩子也將暫時離開父母去自己的世界。那是完全沒有父母的世界。當孩子在那個世界經歷各種體驗時，就算有見到父母或許也無暇把父母放在心上。等到他再次正視父母時，父母的人生已將走到終點，他又會開始像小時候一樣珍惜回憶。

就連那個，也只是在「大家都健康長壽」這個不可靠前提下的預測。到頭來我們只能一邊感受人生的奧妙，一邊努力把握每個當下。

孩子還小時，我家附近有兩間蔬果店。

比大關超市和信濃屋還近，可以迅速買菜搞定的地方只有那二家。有時忘了買什麼時，或者太忙碌無暇走太遠也沒時間外食時，我就會和小孩一起去，或者對小孩說「媽媽出去十分鐘馬上回來」，然後一路狂奔至那二家。

雖然商品種類不像超市那麼豐富，但那裡有店主們的氣息。

一家是有名的膳場蔬果店，如今房屋改建已經歇業。不知今後還會開蔬果店或者租給別的店。蔬果店的大哥和老奶奶負責打理對面的零食雜貨店，蔬果店行動不便的老爺爺和本來就在零食雜貨店的老奶奶後來退休了，讓人發現：啊，時間在這個家族中流動，進行世代交替。那當然令人惆悵，但接觸到那種強韌也會讓人萌生勇氣，因此我想應該是理想的形式。

另一家蔬果店在7-11對面，店面幾乎只有屋簷下那塊空間，是一對夫婦經營。每次買點東西時他們會和我閒話家常，也會給我家小孩煮熟的玉米，或者一起計算找的零錢。由於幾乎天天接觸，大叔身體出狀況時我也跟著很失落。因為我知道，今後這間店將會不定期歇業，唉，肯定很快就會關門不做了吧。

有一次他們的女兒還透過推特跟我聯絡。不愧是那對賢伉儷的女兒，非常聰明溫柔。那時得知夫妻倆似乎都很健康，我鬆了一口氣。

少了他們後，那塊地方看起來真的很狹小，想到二人不論寒暑幾乎都等於是露天做生意，每次經過不免心疼。以往那裡總是燈光明亮，擺滿蔬菜，光是這樣就替城市增添了繽紛色彩，感覺那個空間非常寬闊。我深切感到，原來那只是因為有人的力量在那裡作用。

明明還可在腦中如此鮮明勾勒出那一幕，竟然再也看不到那個有蔬果店的巷子了！

現在，有時缺了什麼東西，比方說沒有紫蘇葉，或者家裡沒水果了想去買點橘子時，我必須走到超市。超市也新增了二家，照理說比以前輕鬆，而且幾乎不用和任何人接觸便能迅速採購完畢，忙碌的時候應該很省事。可我卻有點寂寞，心裡空落落的。我還無法習慣風景在這麼短的時間內改變。

這麼一想，事過境遷才發現再也看不到的事物之多令我愕然。

孩子和我只有星期天可以整天待在一起，因此早上睡到自然醒，午飯後到晚間《海螺小姐》卡通開始播映前，我們會一直在下北澤走來走去。當時的店家現在幾乎全換了。

曾與各種人相約的南口站前那家星巴克和羅多倫咖啡店也沒了。

上樓梯穿過北口後的車站也變得截然不同。

當時附近有一戶我超喜歡的房子。玄關門口放著大盆蘆薈，有高大的柚子樹，還有拼命看家的可愛米克斯犬。宛如昭和時代的房子，可以感到這是一戶有母親守護房子和庭院的那種自營業大家族。

之後那家的母親病倒，狗也去了天堂，我眼看整個房子變得有點晦暗。

歷經漫長的抗病過程後，聽說那家母親過世了，明明是幾乎沒見過的陌生人，我卻深感悲傷。

我想起那家的母親創造的風景，對我們母子的散步路線而言，曾是無可取代的亮點。

但我可以把這種心情記錄下來。

散文的形式固然如此，也可以換個形式封印在小說中。我不敢說是永遠留存。因為我不知道以後是否還有需要書神的人，更何況我的存在在其中微不足道。

但是能夠稍微留下那些不言不語只是努力工作過生活，當日的確存在過的人們身影，於我而言，就是從事寫作工作的一大喜悅。

年紀越大，在同一個地方待得越久，景色看起來就越發層層相疊。等我再老一點，想必還會有更多記憶中的影像重疊。

那家點菜高難度的沙丁魚料理店（笑），也不見得會永遠存在。如果哪天消失了，經過那裡時，我肯定會看到那家店的影子，也會發現年輕時代坐在那窗口一起歡笑的我們吧。

這種心情，我想肯定也有許多人在伴隨音樂或電影走過的歷史中發現。

但以我的情況，多半是書籍為伴。

不一定是小說，當時震撼我心的許多書籍，必然與我的個人歷史如影相隨。如果沒有書，我恐怕也不可能邂逅一起製作本書來源——迷你情報誌——的內沼先生和大西先生以及小舞了。大家都很忙，也賺不到什麼錢，卻還是通力合作好歹持續下來的那個企劃案，等於是和當今時代反其道而行，看起來甚至像兒戲。但我認為製作這種東西才是小小的叛逆，是自由，是表達我們過往增添了多少心靈肌肉的重要之舉。

如果是大公司，早在提企劃的階段就知道沒什麼利潤，或許根本不會通過企劃案。也可能為了賺錢而動用業務部的力量，在各方面想盡辦法推銷。

手工做的東西就在附近賣，讓經過那附近的路人買不就好了？——那樣有什麼用處？不，沒有任何用處。頂多只是讓心靈又多長一點肌肉？

頂多可以讓自己有勇氣在很難吃到自己想吃的菜色的餐廳，沒有抱怨也沒有吵架，只是和店裡的人愉快地鬥嘴，一邊不甘示弱面帶笑容堅持拗到底？

那樣有何用處？不，沒有任何用處，有時候想吃的東西最後還是吃不到，說不定只是把自己搞得很累而已。

然而，就算那樣也好。那種力量，或許正是拯救人類的某種東西。

人生的各種時代

別看我這樣，其實我這人很少回顧過往。

一方面也是因為很忙，我只能埋頭前進。

不過，工作之餘也在腦中保存各種事情。用真空包裝把空氣、風的氣息乃至當時的心情全部封存。

通常欠缺長在那裡的樹木品種或當時天上的雲是什麼樣的雲這種具體細節，因此雖然勉強忝為小說家卻無法成為證人或影像作家（這是什麼選擇！）

最重要的是我想描寫人們心情的動態，所以才會寫小說吧。這年頭小說家好像已成了保育類動物。全是保護起來比較好的人。

只不過是小小的變動，一切就全都變了——我想這種情況很多。於我而言，這次搬家就是如此。

以前的住處，嚴格說來等於在河邊。附近的確有河流（雖然是人工製造的），但家門前的馬路直到深夜還有車子川流不息，心情和空間總感覺充滿動感。

因此也無法睡得太熟，神經好像一直繃得很緊。而且家中人來人往很頻繁。甚至無暇坐著，就算在寫作也無法靜下心來，好像總是有點倉皇。當然也可以說那個地方充滿活力，但嚴格說來好像隨時都在分泌腎上腺素，有種強烈的匆促感。

想必那樣更適合養育小小孩。

白天就是忙，小孩動輒發燒，父母也已年邁所以不時得回娘家去探病非常忙碌，自己的工作只能留到深夜再做。

對面的老奶奶直到病倒前還住在我書房對面的屋子，她的生活作息日夜顛倒，半夜三點也燈火通明多少讓我有點安心。正好我母親也是同樣的生活模式，因此我很了解那是歷經了什麼過程才會變成那樣。

熬夜↓天亮還沒睡↓白天補眠因此晚上睡不著。

這樣的過程一再重複，於是就成了不只是晚睡甚至變成夜貓子的老人。

這時再加上失智症，任誰也無法阻止。

這種情況下，上午去醫院變得很痛苦，於是醫院也不去了，不出門後生活作息更加日夜顛倒……大致是這種感覺。

啊，現在對面的老奶奶也是這樣吧。但願她至少能開心一點就好。我每晚總是這麼想著眺望窗口的燈光。

老奶奶偶爾會在半夜二點唰地打開窗戶，理所當然地替窗邊的盆栽澆水。我曾試著向她揮手，但是夜色太黑她沒看見我。

那個老奶奶在某天深夜倒下，救護車來了，打不開房門，只好出動雲梯車引起一陣騷動，她被送去醫院後就再也沒回來，那扇窗戶從此沒亮過燈光。最讓人感傷的，就是只能眼睜睜看著她家的花花草草日漸枯萎。

老奶奶在時，那些植物長得生氣蓬勃。

那是和我家隔著馬路的對面二樓窗口，因此我也不可能代為澆水。只能每天看著它們澈底憔悴枯萎。

不知怎地，我感到一種事物逐漸結束之美。

那很快也會降臨在我父母身上，有一天也會降臨在我身上，類似一種減法的哲學。

世間萬物不見得都得繁盛健康完整無缺才好。

就是那樣的感覺。

我母親正好那時也失智得很可愛，有一天我和帶小孩的保母發生齟齬大吵一架把對方辭了，那人我母親也認識，因此我忍不住在電話中哭訴。

我很少對母親撒嬌，但偶爾也會像小孩那樣撒嬌。人生大約只有三次撒嬌紀錄的其中一次就是當時，我還記得是在前一個住處的深夜窗邊。

當時，我哇哇大哭說：

「媽，妳還不能死，一定要活下去。」

母親雖然失智，八成也嚇了一跳吧，她說：

「我還會加油撐下去的，沒問題。」

她那響亮的聲音迄今猶在耳邊。

之後母親漸漸臥床不起，最愛的美酒也不太能喝了（但她直到過世前一天還喝燒酒兑水到天亮也太扯了。她的肝臟也很健康。這點我很想效法！）變成只能看電視睡覺，但她還是活了好一段日子。一定是想遵守和我的約定吧。雖然她的生活已經無聊得毫無樂趣，但她光是能活著，我真的就很感激了。

那個在窗邊徹夜工作的時代突然結束了。

父母勉強還健在，孩子尚年幼，夫妻團結一心，家中有許多人進進出出的時代。

那當然也自有其優點。

那一切，都是在下北澤前一個住處的回憶。地點雖離得不遠，卻好像一切都已是久遠往昔。

對面房子的玫瑰不斷開出異樣美麗的紫色花朵，斜對面那戶人家的杜鵑形成壯觀的樹籬，我家院子的瘦小梅樹開花，接著小櫻樹也開花，然後是粉紅色與紅色的茶花，那種繁花依序綻放的美景，都還鮮明烙印在我心頭。

迄今經過那房子前面我偶爾仍會想像。

如果一打開那扇門就能回到當時的生活該有多好啊。

還年幼的兒子，當時剛當爸爸的丈夫，出入我家的保母令人懷念的笑容，這些如果都還在就好了。已經死掉的老狗，現在已變成老爺爺的貓，如果都還生龍活虎地坐在樓梯上迎接我該多好啊——我忍不住這麼想。

從寬敞的客廳總是可以看見很多樹，就像置身在鄉下的古老別墅。

在那個昏暗的廚房我做過很多便當與飯菜。

走下坡道，就是家有新成員後搬走的小舞之前的住處，如果抬頭仰望時窗口依然亮著燈，如果我還能一邊想「啊，小舞今天也在這裡」，一邊帶狗繼續散步該多好啊。

搬離前一個住處時並非自己想搬走，是因為房東的個人因素不得不倉皇搬走，因此我對前一個住處永遠有單戀情懷。

當然不可能一直抱著那種感傷。

我總在看當下的快樂，也不斷發現新場所的趣味。

當日不會重來。

即便近得垂手可及，也永不復返。

我想，我肯定對此早有預感吧。

待在前一個住處時總感覺有點苦悶。不知這樣的生活幾時會結束，不知何時會和這房子道別。我很清楚這房子喜歡我。雖然這樣說有點像神經病，但我知道房子在挽留我。

所以就算是在擦地板也總是有點悲傷。

想必不久的將來就得離開這裡的預感，已經逐漸迫近，可我卻假裝視而不見，所以很難受。
迄今我還是不太明白，演變成那種事態時該如何應對。是該早早離去，還是該盡量拖延到最後一刻？
一如對面的老太太在某天夜裡倒下，一如我父親發高燒被送進醫院就再也沒出來，一如我母親某天在睡夢中就此離世，對於那天的突然來臨應該怎麼看待才好，想必沒有任何人知道答案。
所以大家才會說要「活得無悔」或「活在當下」吧。
至少，我能做的頂多只有記住那個深夜穿著漂亮睡衣在窗口愉快澆花的老奶奶，所以在有生之年我想這麼做。
最重要的是，我認為有一個讓人想回去的幸福場所是好事。
還有，說個不重要的題外話，這次搬家的過程讓我領悟到，在當今這個時代已經形成一套完整系統，如果沒有充裕的財力（我當然沒有！作家這一行完全賺不到錢），就算自己蓋了房子，也絕對無法隨個人喜好去裝潢。

在我成長的那個時代，只要蓋了房子，之後想怎樣都是個人自由，大家想必也都是這麼認為。

這次我特地找了品味相投的熟識木匠替我做陽台並且打通隔間，做出很不錯的木頭結構，可是房屋仲介來我家看到後，言辭之間有點欲言又止，我忍不住追問。

結果對方告訴我：如果我自行改建後和原先的房屋狀態差太多，萬一因施工單位的工程原因造成房屋損壞時，會被排除在本來規定的數年保固期之外，無法獲得免費維修，屆時會很麻煩。對方建議我，最好不要找自己認識的木工，應該去找包含在保固範圍內的原施工單位重做。

我年紀大了，自認有點小聰明，個性得過且過，實在提不起勁為了那個幾年之內房屋或許會因地震或火災損壞的狀況，而放棄自己所剩無幾的舒適生活。不是自己買地找人畫設計圖蓋房子，而是直接購買成屋對我而言完全不成問題，況且我也不要求房子得多麼有個人特色，但是不能隨心所欲改造就傷腦筋了。因此，我決定依照自己的喜好來，完全沒有想配合數年保固期的意思。當然如果有什麼東西壞了，基本上還是會找原先的廠商修理那些機器，但今後的事情誰也說不準。

半年後，相關人員來檢查房子，我這才澈底了解那套系統。

蓋房子的人，事後會經常來檢查，如果出了問題就修理，這年頭這個流程已變成必須整套進行才能完成工作混口飯吃。

我心想，大家都不容易啊，但那套系統對我來說可有可無，純粹就是可、有、可、無，卻讓我想起一件事。

那是我以前去過的氣功治療院。是某宗教的人經營的，除了從中國請來的氣功老師之外，掛號處的人和其他治療師都是那個宗教的信徒。而且氣功及整骨治療院後方就有普通的診所，診所也是那些人開設的。

他們都是好人，甚至比一般人更純粹，因為志同道合所以感情也很融洽，氣氛絕對不差。的確，只要加入那個宗教就可以這樣交到朋友，還可以找到適合志向的工作，教徒之中有稅務師有律師也有醫師，想必也能從中找到理想伴侶，該怎麼說呢，簡直像是安心有保障的一生。

雖然有點令人羨慕，但我卻覺得喘不過氣。

將來的事情真的很難說，是否能保持同樣的志向，連自己都無法保證。不是基於前衛的反骨精神這種角度，純粹只是覺得連自己都靠不住，更別說賭上人生去相信他人的想法，這我實在做不到。

有可以安心的制度，某種程度上可以遵守一輩子，但超過一定的底線後就全盤作廢，所以請老老實實和大家一樣——這種氛圍，當然就是現在的日本標準狀態。

從搖籃到墳場，似乎都是根據那種感覺構成。

我完全無意呼籲可以接受這套系統的人「醒一醒」。只要對那人是合理的，又能做到想做的，完全沒問題。

只是我個人單純覺得「沒意思」，所以無法融入。

說到這裡才想到，我好像每次都無法融入，而且和同樣無法融入的人變成朋友，那些人多多少少也提供我一些好點子呢。至少我是這麼想。雖然我自己還是小菜鳥，但我知道有很多強人自行改造了很多事物。

選擇這種生存方式的人想必會越來越少。所以只能悄悄生存，也不想大聲聲張什麼。

不過，在自行增建的陽台喝啤酒超開心喔，或者，我母親直到最後住院都還在說「等我出院了再來辦個慶祝會吧，好好熱鬧一下」喔——類似這種話，我想繼續點點滴滴說下去。

超人力霸王與假面騎士

得知「二丁目三番地」這家賣很多舊玩具的店主突然過世，我們一家人真的很難過，也很震驚。

彼此關係並非特別親近。除了和模型玩具有關的話題之外，店主的個性其實頗為偏執，況且我家小孩的關注焦點現在已轉向電動遊戲，完全不想再買模型和昔日的卡通周邊商品，因此自然也漸漸疏遠了那家店。

這樣自然疏遠是無可奈何，但老闆還年輕，我一直以為，那家店肯定會那樣一直開下去。

就算我們夫婦變成老爺爺老奶奶，那家店肯定會依舊保持古老風貌屹立在那裡，而我們不時會很懷念地上門去聊聊天──我一直這麼想像著。

聽說他直到死前還在店裡工作，我覺得這種死法令人敬佩。詳情我不清楚，或許其實不該講這種話。

不過，他被自己那麼喜歡的東西圍繞，直到最後都沒關店，沒有纏綿病榻就這麼猝然死去真是太厲害了。

某日，老闆娘在拉下的鐵門貼了一張告示，大意是說她丈夫是率先開設這種模型玩具店的先鋒，生前一直在做自己喜歡的事所以很幸福。看得我不禁熱淚盈眶。

因為我深切感到，那扇不知進出過多少次的透明店門，已永遠在鐵門的後頭關閉。我們再也不可能走進那家店。

現在電視播出的《假面騎士》，和五年前每星期播出一個單元的新《超人力霸王》，對於還很小的孩子而言，電腦動畫特效有點太過強烈刺激，或者摻入太多現代風俗，音樂過於華麗，和玩具廠商配合打廣告打得太凶，英雄角色太多，變身過程太複雜……總之小小孩似乎還來不及理解。

如今我兒子已經長大，就連正在播映中的新片子都不看了，但他二歲到五歲的那段期間，真的是每天反覆觀看從前的「超人力霸王」系列和「假面騎士」系列，甚至頻繁到我都擔心他會不會腦子壞掉。

起初是他爸爸先抱著懷舊的心理觀賞，但是因為內容樸實且淺顯易懂，小孩漸漸成了忠實觀眾。

我家小孩之所以在奇怪的方面擁有昭和舊時代的知識，我認為也是這些節目的影響。這年頭，會知道上方像噴泉一樣噴出的擺設，以及紙盒柳橙汁其實完全不含果汁成分的小孩，我懷疑恐怕只有他一個。

如果再描述得詳細一點，我在第一時間相當忠實地觀賞過《假面騎士》，但我只看到假面騎士V3為止。假面騎士亞馬遜就有點不對味了……當然這是離題的抱怨。

關於「超人力霸王」，我有專心觀賞的只到超人力霸王艾斯為止。太郎或雷歐系列我幾乎都不知道，之後播出的片子已經看起來全都一樣，就是那樣的年代。

因此，我家小孩開始收集中古DVD追著看亞馬遜和太郎系列時，我才第一次看到那些片子。在大人看來內容太幼稚也太樂觀，不過拜太郎之賜，我第一次大略窺知M78星雲的生活。有點小開心。亞馬遜的異國風情腰帶設計得很棒，甚至連我都有點想要。

之後，《超人力霸王》再也沒有出現日本人，《假面超人》開始進入黑暗世界，甚至令人懷疑是日本藝術大學電影系的畢業作品，但那些我就沒有再接觸了。

如今拍成電影時，「超人力霸王」和「假面騎士」都會全體出動，或者新舊混雜出現的角色多得嚇人，但情節設定上終究不可能照顧到每個角色。只停留在「陣容龐大」這個印象上。

所以，我想當時大概看了一生之中最多集，甚至比小時候還多的《超人力霸王》與《假面騎士》。我和兒子一起反反覆覆看了又看。

那段日子天天疲勞轟炸，甚至開始覺得沒有發展成戰隊系列真是太好了（畢竟人數過多陣容龐大）……自己也看得有點糊里糊塗，總之差點被洗腦。

不過，那讓我逐一想起小時候看過的怪人和外星人，對他們增添了新知識，還蠻開心的。小孩每天不斷成長，學會說以前說不出的話，理解了以前不解其義的故事。我彷彿也一起成長，當時我甚至在想，該不會就這樣一輩子繼續看超人力霸王和假面騎士？

每天去散步，玩超人力霸王和假面騎士的扭蛋機，如果抽到喜歡的怪獸或外星人、英雄，跟著一起開心。後來有錢時就去「SUNNY」這家有名的模型店，欣賞昂貴的模型或者乾脆咬牙買下來。超合金的超人力霸王KABUTO和超人力霸王的女隊員明子的模型迄今還好好放在我的房間。真傻，果真被洗腦了……！

「蛋包飯」這家玩具店雖好，但小孩去有點昂貴，店面又小很容易撞壞什麼東西，因此只有隨身帶的東西很少又真的很想去時才會去。

此外，當時還有露崎館這棟大樓，裡面有專賣稀少舊玩具的商店，在店內逛一圈後，就去當時還在如今已搬走變成「COFFEA EXLIBRIS」咖啡店的「三毛貓舍」喝咖啡或香草茶、果汁。或者去樓下的「Les Liens」法式餐廳，彷彿身在巴黎般提早吃晚餐。

最後我們總是會去「二丁目三番地」。店內雖然沒有新模型，卻有很多令人懷念的舊寶物。例如以前的樹脂人偶模型，或是依然如當時模樣的玩具。價錢也不算貴，感覺亂七八糟的舊商品中藏有各種寶物。無論多麼珍稀，東西都已破爛得讓人懷疑「這樣真的還能賣嗎」，因此定價相當低廉。

我先生總是對我兒子說：

「將來你的興趣應該會轉向電玩，不過現階段你是根據『自己想要這個，對那個沒興趣』來挑選的，對吧？從小就能有主見地選擇自己喜歡的東西，真的很好喔。我想等你長大之後肯定也能選擇自己喜歡的事物。」

而且如果在店內買了什麼東西時，就算買的只是便宜貨，店主也會讓我兒子抽獎選個小玩具，或是詳細地解說給他聽。

如今在網路上可以發現許多貨真價實、一次也沒拆封過的令人懷念的珍貴玩具，或是整理得很漂亮的舊東西。但「二丁目三番地」並非那樣的場所。如果舉例來形容，那就像鄰居大哥哥家有很多玩具和模型，從美國漫畫到英雄角色種類相當廣泛，但全都是大哥哥玩過一次或從哪便宜買來的，所以可以隨意碰觸，當然也有很多寶物。然後你可以去那裡和大哥哥一邊聊天，一邊得到你喜歡的東西……就是類似那樣的氛圍。

我家小孩真的移情電玩，不再稀罕熟人給的還沒拆封過的假面騎士周邊商品時，他們父子把那些東西拿去「二丁目三番地」，說要免費給老闆。老闆說不能免費收下，硬是付錢買下，據說還讓我兒子抽獎。

除了在路上偶遇，那就是我們和他最後一次打交道了。

擺滿整個路面的早期莫名其妙的玩具和唱片，已經永遠不可能再擺出來。

也看不到圍在那裡愉快談論往昔回憶的成群客人了。

我想，那家店的生意絕對不好。那本就不是會賺錢的買賣，網路普及後什麼都買得到，時代的潮流對他想必也不怎麼有利。不過，按照自己喜歡的方式陳列喜歡的東西販賣的模式已逐漸消失的今天，那真的是讓人非常懷念的那種店。

如今原址已換成普通的餐飲店。雖然店面明亮令人頗有好感，但我彷彿至今仍可看見「二丁目三番地」。我的意思不是說那間店面本身或老闆的鬼魂出沒。是這種從街頭風景逐一消失的老店，就像殘影留在眼眸深處。

我的《假面騎士》進度更新到KIVA就停止了，《超人力霸王》也只看到馬克斯系列。想必這輩子都不會再更新。

我屬於小時候第一次看假面騎士就超級崇拜劇中主角本鄉猛的世代，超人力霸王則讓我第一次知道世上或許有外星人。

長大之後我見到國外的頻道主或靈異學家，即便聽到有獵戶座星人或者來幫助地球的外星人擅自偽裝藏在地球人之中生活之類的說法，或者看到昆蟲的遺傳基因和人類混合產生怪人的電影也能視若尋常，我想應該都是拜《超人力霸王》及《假面騎士》所賜。我甚至有點擔心這麼泰然處之的自己是否正常。日本人對靈異現象的接受度之高簡直可怕。我們日本人一直態度尋常地接受「這世上或許有異形及來自外太空的高智商人物，充滿關愛地幫助未開化的我們」這個宛如神話的概念。真是太厲害了！

即便我的英雄不再更新，我肯定也會一輩子以某種形式記住那段時光。

記住昔日下北澤還有「二丁目三番地」的時候。

記住和年幼的兒子每日巡行的那條黃金路線。

記住和丈夫兒子一家三口唯一的共同話題只有超人英雄的那段時光。那樣的時光再也不會重來。

但那種東西，想必會換個模樣又出現在我的人生吧。

有些東西小孩喜歡，但我並非特別喜歡（不過，小時候那麼努力觀賞過，所以應該比一般媽媽更了解），還是會配合小孩的速度和視線，耗費長時間觀看、傾聽或尋找。在可能的範圍內花點錢在那上面。並且盡量和他同樂。

如今我們可以在同一個家裡各自做自己喜歡的事，如果是當日恨不得擁有自己時間的我，大概會高呼萬歲，可是我也一再提到，唯有澈底配合對方，為對方讓步，共度看似浪費的時間，才能形成大塊回憶。

現在，只要回想起那段日子，就會出現過於濃密綺麗的大塊回憶，讓我自己都嚇一跳。

無論我多麼努力追求我喜歡的事物，想必也不可能形成這樣的累積。

正因為有那段累積，此刻，自己的人生還留有做自己事情的時間才會讓我如此感激又喜悅吧。

我的年齡已經不能生孩子了，工作方面也不可能再去當別人的下屬。配合變回老小孩的父母的那段歲月也已徹底結束。

然而，每天稍微花點時間，張開雙手敞開懷抱，說著「來來來，快過來」，為對方讓步的情形今後想必也做得到。有時候，我會很想為家人和朋友那樣做。

即使金錢和肉體上無法給予太多，只要時間和心情能夠那樣輕鬆讓步就好。

如此一來，時間乍看減少實則不斷增加，自己乍看被消耗實則越來越富有，好像還能邂逅那樣的不可思議。

那天的 Pirkatanto 書店

下北澤曾有「Pirkatanto 書店」如幻夢般曇花一現。

店內的書都是要賣的商品，但也可以坐在店內看那些書。有提供美味的飲料和酒類，以及講求健康又有良好品味的無國籍餐點。貼著磁磚的漂亮吧檯很好坐，雖有各式各樣的東西雜亂紛陳，不知怎地卻沒有「別人的家」那種感覺。這種店在京都之類的外縣市很多，下北澤卻難得一見。想必是因為東京的房租太貴。

現在「Pirkatanto 書店」偶爾會在「扉」這家店的公休日借用場地營業，但我每次經過店內都很多人，因此還沒去過。對了，「扉」也是我很喜歡的店，可惜店內沒有書。

總之我就是愛書。

說來理所當然，但有書圍繞身邊就很幸福。

之前看國外寫斷捨離的書，書中提到會在床邊堆滿書的人，往往因為把書當成情人導致情路坎坷，把我笑死了。我心想，書就是情人，說得好！

最近，我去了之前就想去的「山野派」這家位於京都的店。

二樓是美容室，三樓開咖啡屋，是一對夫妻經營的小店。那對夫妻是我朋友的朋友，在我朋友有難時曾經鼎力相助，聽了這段佳話後，我就一直想找機會去看看。

我前一天在那須被吸血蠅叮了十個包，腫得很厲害還發燒，有點精神恍惚。店裡的人原先就看過我的書，見我突然造訪也嚇得呆住了，所以彼此都有種恰到好處的恍神感。

我家小孩坐在桌椅區表演魔術給我京都的朋友看。二人的嬉鬧聲絕對不會令人不快，像音樂一樣甜美。在那手工打造裝潢簡潔的店內，喝著美味的咖啡，我仔細閱讀了店內書架上柴田元幸先生製作的《MONKEY》雜誌。身旁是我的重要助手，正在談論腳邊的小窗吹來穿過門口的清風，以及放在小窗邊的茂盛植物。

那一切構成理想的午後。

我忘了自己身在京都這個遙遠的場所，也忘了見到久違的朋友，乃至初次造訪這家店。我想那是在旅行這種非日常時間中最美好的瞬間。

小書架和窗邊放滿感覺上我會喜歡的書。書就是情人，所以無論身在何處只要有書我就會很幸福。

那本《MONKEY》雜誌是第三期，內容是我超愛的恐怖繪本特輯。也介紹了國外出版界及優秀編輯的訪談。如今出版界的不景氣及電子書的普及造成種種變化，日本的企業對金錢越來越保守，周遭聽到的都是偏離藝術的話題，自己也受到影響心情有點鬱悶，但在好環境閱讀好內容後，頓時豁然開朗。

「什麼適合數位，什麼必須用紙張，年輕人其實明察秋毫分得很清楚。『城市之光』這三年的銷售量是過去最高紀錄喔。」

舊金山知名的「城市之光獨立書店」的書籍採購員強悍地如此表示。

之後我又想起創辦這本好雜誌的柴田元幸先生那充滿知性的笑容。

日本也有這種熱愛書籍，對書籍的尋求有志一同的人們。下北澤也有B&B書店和氣流舍，還有七月書房。另外也有很多好書店。如果一一走訪便可看見，店主的思想就像用書籍表現出來的美妙藝術。我相信書籍一定會保存下來拯救我們。

我們只是被分隔，只是被煽動讓彼此感情不合而已。被誰？那當然是認為金錢萬能、只要能有效榨取市民就好的權力者。與之正好相反的，大概就是盡情表現個人腦中世界的咖啡屋和書店以及書籍吧。可以清楚發現，那是雖然渺小卻最可怕的嫩芽。是在日本總在萌芽前就被摧毀的自由。

我無意否定執掌那種主流的力量。只不過是人生觀不同，他們也有隨自己喜好去生活的權利。那就像是對於超愛空間狹小、環境清潔、服務溫馨的飯店（雖然夜間歸來時飯店的員工全都睡著了，或是水龍頭忽然只有冷水流出來，浴缸太狹窄！）的我而言，一切都按照規矩索然無趣又一板一眼的高級大飯店，其實也有長年經營下來的美麗歷史及服務、維修的工作規則。

問題在於是否能夠保持均衡。如果不巧妙保留這廂的勢力，創造力和藝術就會消失，人類的精神無法長存，最後地球必然會滅亡。西方歷經長時間磨合總算順利運作，在某種程度上已成熟地達到均衡，可是日本還是新生幼雛，我們只能被迫隨時戰鬥。

那本雜誌最後有村上春樹先生針對《身為職業小說家》一書的演講錄，其中提到「關於原創」。過去村上先生在日本遭遇過的種種痛苦我也經歷過。如果為此耿耿於懷，小說的生命會很可憐，所以才一直不去計較，但的確談不上開心。我在閱讀的過程中一再熱淚盈眶。我們平時沒見面，也很少連絡，但正因如此更讓我感到彼此果然是夥伴。雖然對方是大前輩，卻也是夥伴。我有夥伴，的確有，那讓我感到，我並不孤單。

那一切都在「山野派」的那個瞬間降臨，撼動我心，鐫刻在我的個人歷史。

我認為那是個體戶咖啡屋的奇蹟。

創造出一個可以給人如此感受的空間。

那樣的場所已堪稱作品了。

這種店在東京難得一見，本身就是表現個人思想的精彩作品。當我第一次看到「Pirkatanto 書店」的書架時，架上陳列許多我的作品甚至令我惶恐。我擅自簽名（過分！）度過愉快時光，不過能夠躋身於那精彩的選書名單中，讓我慚愧又欣喜。看到自己的書放在美好的空間，我想應該是作家最大的喜悅之一。

架上也陳列著沖繩的珍貴玻璃杯，以及漂亮的肥皂。

喝著店主小優調製的美味果汁，隨手翻閱和自己的書放在一起的精彩書籍，光是這樣就很幸福。無論店內如何擁擠，小優都不慌不忙。

如果是我看到擠滿那麼多人，大家都餓著肚子等晚餐，我肯定會慌了手腳，甚至覺得每天過這種日子太痛苦！但小優卻從容不迫，態度淡定地逐一完成工作。

不愧是生長在北海道十勝那片遼闊土地的人啊。我暗想，同時也從她的從容中感受到一種美學。她製作餐飲的手始終不曾停下，但是就算客人挨餓苦等讓她很抱歉，她也不會過於卑微，神情始終淡定。她絕不諂媚，可以感受到她「雖讓客人久等，但是相對地提供保持水準的良好餐飲」的決心。

小優做的東西有種獨特的強大。她總是毫不修飾地直視前方，對於自己要做出什麼樣的餐飲胸有成竹。

記得有一次，我去得早，小優那個帥氣的弟弟和他朋友不知怎地在桌前吃菜單上沒有的火鍋。火鍋咕嘟咕嘟沸騰的樣子，和他們說聲抱歉就收起鍋子端回吧檯的敏捷真的很可愛，讓我覺得這間店真好。包括那種氛圍在內，就是那樣的店。

有一次，我和朋友去「Pirkatanto 書店」，那天碰巧是可以做按摩的活動日。後來我才發覺按摩師瑠津子原來是朋友的朋友。瑠津子替我按摩了雙腳。來自大島的她用那黝黑強壯、每天帶小孩的溫柔雙手，確實替我和朋友的雙腳減輕疲勞。我們輪流接受按摩，等候時就喝含有健康酵素的果汁，選一本喜歡的書閱讀為之會心頷首，悠閒的午後清風吹來，客人來來去去……在那之中總有小優沉靜的聲音傳來。這種打發時間的方式，倒不見得在都市就做不到。我深切感到，就算待在森林中，如果心情急躁也無異於置身都市煩囂。

我和朋友當時因一點小事有些齟齬，不知下次幾時才會見面，說不定從此關係變得很尷尬……在那樣的時候，這瞬間更顯得傷感又寶貴。

之後，我又和別的朋友去了「Pirkatanto 書店」，當天沒有活動因此瑠津子不在。想起來就懷念她的那雙手。

同樣吹著清風，同樣喝著美味果汁，我想起上次來時的情景。當時同行的朋友也是非常溫柔大度的人，所以我的心情很自在輕鬆。有朋友真好，真不捨得分開，果然吵架還是不好啊——我率直地想。
雖然店面位於吵雜的商店街中央，空間也不是特別大，可我的心情卻變得開闊從容。

從容思考，給想法明確畫下句點，那想必會成為心靈的養分。

那時如果沒有去「Pirkatanto 書店」，我一定不會和那個朋友握手言和。當然也不會有後來和那個朋友一起吃過的許多頓飯和旅行看到的風景。

這麼一想，我真的很想對小優說謝謝。

喝咖啡時或飯後發呆時看的書，往往充滿發現。書沒買下前其實還不屬於自己，因此在自家以外的地方看書多少會有點緊張感，也特別容易看進心裡。

我超愛台灣的誠品書店，在那裡，大家甚至坐在地上看書。我認為肯定是那整個空間在支持書的生命。

最後一次去「Pirkatanto」的那天，不知怎地在書店前和小優遇個正著。小優隻字未提店要收掉的事，但我想，不期而遇或許就相當於某種告知。我和編輯本來在討論要去別的店，但碰上小優後就順勢和小優一起走進「Pirkatanto書店」。

那個偶然，我想或許是書店本身（不是小優，我猜是書神）對我的道別。喝著美酒，吃著晚餐，與編輯熱烈討論之後，家人也來會合，幸福地度過最後一晚。

再次經過時，書店已人去樓空，只有吧檯靜靜地保持原狀。那裡已無任何生命。完全死掉了。我沒聽說是什麼原因導致書店關門。不過，我想一定是有股力量讓書店活不下去。現代充斥著某種力量，他們害怕像「Pirkatanto書店」這樣擁有明確生命的事物，於是不管怎樣先扼殺再說。還有小孩擁有的力量、藝術的力量，也天天被扼殺。那種弊害實際上恐怕也正不斷扼殺人們。

但願有一天，日本人也能真正察覺藝術的力量。但願歷經逐漸成熟的過程，被分隔的夥伴即便相距遙遠也能堅強地團結合作克服難關。

那絕非不可能。

因為我們，還擁有許多像這樣能夠撫慰疲憊心靈的好店。

天使

我想當時的我肯定處於相當危險的狀態。

因為太拼命用力活著，所以自己也不太清楚。不過，每當想起當時，心口就會一緊，所以我這才明瞭。

真的走投無路時只能設法解決眼前的事情，因此人好像會變得不去想太多。這時如果開始可憐自己，現實生活就會撐不下去——這種考驗的時期任誰都有。如果靠自己無法克服，就需要周遭的人或醫院的協助，如果能克服，好好計劃今後該如何生活才不會重蹈覆轍，這點想必也非常重要。

因為人是可以學習的生物，況且每個人的一生必然會有幾次這種艱難的時刻。

當時，我屢次閃到腰只能癱在床上。也經常因為腰痛只能流著眼淚入睡。我原先就有的貧血因高齡產子而惡化，免疫力也變得很差，經常被小孩從幼稚園帶回來的感冒病毒傳染然後再次病倒。

我丈夫是「羅爾夫按摩（Rolfing）」這種對肌筋膜有益的整體深層按摩師。他幫我按摩之後我會暫時好一些，但他也很忙，不可能只替我一個人按摩。

而且我經常過於忙碌，再加上小孩年紀還小身體狀況尚不穩定，因此經常得徹夜照顧生病的孩子，出現跑醫院這個既定行程外的突發狀況，自己的工作一再延誤，壓力過大下藉酒澆愁又喝太多，總之一切都亂七八糟。而且熬夜後還得做便當。這是在核心家庭化社會的現代職業婦女必然會陷入的困境。漫畫家西原理惠子老師也曾有過同樣的經歷，因此給我非常睿智的忠告：「把孩子送出門後，不管三七二十一先睡再說。千萬不要有『現在是自己一個人的寶貴時間所以得趕緊工作』的想法，總之先躺下休息就對了。」

的確如她所言，但是身為一個自營業媽媽往往因為太害怕就是做不到。

太累的時候明明沒怎樣也會淚流不止，光是出門都需要大量精力。選個襪子也會煩惱得哭出來（簡而言之，就是憂鬱症，但我太忙了，連罹患憂鬱症的時間都沒有，所以還是自己趁著症狀輕微時設法解決）。

腰痛得動不了，上廁所脫個褲子都得費盡九牛二虎之力，非常窩囊，可是我的丈夫卻出門去幫別人治療身體……這讓我不由悲從中來。那是他的工作，所以他那麼做是理所當然，但自己處於極限狀況時，就算理論上明白還是會變得那樣情緒化。

一旦摔倒就完蛋了，而且無人可替換自己。這種忙碌的生活前前後後算來有三十年之久，而巔峰期就是育兒階段，因此我敢斷言。

那種忙碌只能容許自己體驗幾年，人生如果不分輕重緩急，真的會死喔！

不過，這也是因為現在我已經不用做便當，比較輕鬆了，也認真減少工作，總算活得像個人了，才說得出這種話吧。

完全沒時間可以休息一下或者發發呆、無所事事想找點事做的日子，或者私生活也沒時間放鬆，害怕自己閒下來於是拼命找工作做的人生，簡直搞不懂究竟為何而活，所以我認為盡快行動尋求改善方為上策。休息的時候就得澈底休息，否則腦子也恢復不過來。

總之，當時不可能突然減少工作，因此我的腰痛與貧血最後只能老老實實硬擠出時間做筋膜深層按摩和普通按摩，同時按時接受針灸與中醫治療。

我曾多次問過針灸的中醫師「歸根究底我身體最大的問題是什麼」，醫師每次都說「是過度疲勞」。啊？我明明也有悠哉休息的時候，怎麼可能過勞！

會這麼想，可見我當時病得有多重。明明每天忙得連坐下的餘暇都沒有……身體過勞那就是過勞。自己的行程只有自己能夠安排。如果不能自我評估「身體會對什麼感覺吃力，若是怎樣還可勉力達成」再安排行程就不配當成年人——雖然勉強熬了過來，但我反省之下不禁這麼想。

總之，完全不擅長家事和育兒且笨拙又愚魯的我，在四十歲這年生了孩子，丈夫很忙，我父母都已高齡，我在完全得不到外援的狀態下帶小孩，一邊還得咬著牙真的是流血流汗地工作，賺錢支付保母費和幫傭費、房租、父母的醫藥費、老家房子的改建費，最後甚至得拎著一大堆行李帶著小孩即使超出預算必須自費也硬著頭皮出國出差（如今想想，真搞不懂自己幹嘛那麼拼命！八成是改不了以前沒小孩時的生活習慣吧。不過因此留下許多回憶，也練出一身好本領，所以至少沒有白費），那時真的是艱苦得幾乎暈倒，非常孤獨無助。

因為閃到腰，實在無法去超市的某天，附近書店的男孩子正巧來了，於是我問他能否幫忙開車。

他爽快地一口答應開車帶我去超市。等我買了大包小包艱難地走到停車場一看，他正淡定地等著我。

從此，我就開始慢慢委託他兼差當司機。

他的正職是附近「One Love Books」這家書店的店長。

店內有許多六〇至七〇年代的奇妙書籍，空間雜亂無章讓人搞不清這家書店到底是他的房間還是店面（笑）。

不過，待起來莫名舒服自在。

他的個性偏激且三分鐘熱度，動輒與人爭吵，卻又非常溫柔體貼，判斷狀況堪稱世界第一，如果有客人抱怨，他會反駁到對方投降為止，非常有毅力。

好幾次都是在他的狀況判斷下撿回一命。

地震時，也是他第一個檢查我家和事務所，確認哪裡的公共電話還能用，哪個加油站比較沒有人。也多虧有他在，我才能夠去接因電車停駛不得不在公司住了好幾晚的朋友。

由於他拒絕市場定位，還有他獨特的思想性與生活模式令他從不黏著任何人，因此也不大可能賺錢發財。

所以我認為保持不遠不近的距離最好，一直以順其自然的形式請他當兼差司機。

我和他一起去過很多地方。現在已沒有的場所，已見不到的人。我們共有許多回憶，那全都是無可取代的寶物。

他穩定的駕駛技術，讓我都難以置信地睡得很熟。我甚至懷疑這段期間自己的睡眠幾乎都是在他車上補足的。

他的書店今年也沒了。

象徵下北澤的店又少了一家。

我的孩子還小時，天天會去他的店。喝一杯茶，買點小東西。他會讓小孩刷油漆，小孩會離開媽媽和他去玩，盡情做想做的事，這年頭住處附近有能夠讓小孩這樣的店本身就很少見，我很感謝他讓我們度過美好的時代。

周遭的人都以為我是那種「想重回昔日生活的人」，其實不然。

這點我想大概和追求傳統生活的他合不來。可是，那裡待起來真的很自在。就像自己的窩。

我是那種認定「既然要改變就盡量改變，如果做不到，那是人類本領不濟怪不了誰」的人。機器工學或生物學之類的東西，若能對不破壞大自然、保護地球與人類健康的方向有所助益，那麼科學不斷進步也好。

環境破壞是個大問題，我認為人類應該絞盡腦汁去解決，核電也該花時間讓它消失，但我並不想回到過去。

只是，我有屬不盡的懷舊鄉愁。

以前姊姊住在京都的時候，常見到那種原木打造、店內放了書本雜亂無章搞不清在幹什麼的店。可以在店內喝茶、看書也能傾訴煩惱，可以聽音樂也有樂器，有時還生火烤地瓜，小孩隨時可以去。昔日街頭還有很多那種店時，生活遠比現在更輕鬆悠哉。

這年頭，那種店如果不依靠企業的力量，已經變得很難生存。

加入企業的力量後，也會變得更漂亮大器。所以我也很喜歡這種店。

但卻少了那種雖是店家卻彷彿進入私人巢穴的感受……那種自由與狹仄以及某種詭異。

我想，那種東西想必永不復返。

那些令人懷念的店家的破舊，積滿灰塵，不舒服感。

完全找不出理由「這個為何會在這裡」的東西擺設方式。

那些想必都已從這世上絕跡了。

永別了，我生長的時代。我惆悵地想。

但我想，既然活著，不如就盡量樂觀看待這些改變吧！

不過，我也想告訴年輕人，至少別忘了我那個時代的風骨。

我們共事的時間太長，自然知道他的很多事情。因為工作的關係，我想我可能比他歷任女友更清楚他的優點與缺點。

他慷慨大方地替我介紹人脈，大雪中沒掛雪鏈也能克服過去的卓越駕駛技術，四兩撥千金地搞定客訴的天下第一絕技等等，我想我永生難忘。

他一邊開店一邊兼差替我開車的期間，我的父母相繼過世，一位好友也去世了。

我姊生病開刀，父母也住院，我自己得了兩次流感，耳朵罹患中耳炎，一下子跑遍各醫院時，想想當時如果沒有他，簡直不寒而慄。

我得先去探望我父親，再去探望住在同一家醫院隔了二棟樓的母親，胡亂用拉麵或蕎麥麵果腹後，又趕往姊姊住的另一家醫院，然後還得去內科和耳鼻喉科看我自己的病，一天往往過得忙碌又痛苦。除此之外的時間大家都在昏睡，所以幸好有他幫我開車才能勉強趕上探病時間。

得知父親已藥石罔效後我去探望他時，出了病房總是不禁含著眼淚，當時在醫院玄關等候的他不知給我多大的安慰。

之後事態每況愈下，父親過世時來機場接我的也是他，送我回老家的也是他。後來守靈夜和告別式來來去去，出差去英國時替我開車的還是他。後來好友在伊豆的醫院住院，我能夠趕上見好友最後一面也是多虧有他開長途。母親猝死那天臨時替我開車的也是他，母親的喪禮同樣是他幫忙開車。

那段期間，他女友的父親也過世了，雖然真的對他很愧疚，我還是搖搖欲墜地拜託他繼續替我開車。

這個人要死了，很快就再也見不到了，所以這或許是最後一面……抱著這個念頭離開那人的病床時，真的會兩眼發黑。世界依然如常運轉，好像只有自己置身在另一股洪流中。

傷心欲絕、心情灰暗到什麼都無法相信的種種回憶中，總有他駕駛的綠色汽車在等我。那時看到那個的安心感，以及他站在車旁的清瘦身影，成了我心中唯一清晰的光景。

對此，我的感情已深刻到無法用感謝來形容。

他的店收掉了，他要去何處還不知道。

今後偶爾還會替我開車嗎？或者他將遷居遠方再也見不到面？

不管怎樣，一個時代在他的店面結束時終了了。

上次我看醫學博士養老孟司老師寫的書，對於人為何不能殺人這個問題，他的答覆是：「因為生命是靠著異常複雜的系統維持活動，一旦壞掉就無法逆轉，再也不能重來。」

真的就是這樣。

對於世上像他的店那樣耗時打造的場所日漸消失的這股潮流，我感到很遺憾。或許有一天潮流又會演變回來，但那間店已不可能重現。

至少對於得了什麼失了什麼，我希望保持自覺。

而且我想，他一定是神為這段期間的我派來的天使。

我相信，「只要做過一次某人的天使，此人肯定會得到幸福」。

只是說謝謝的關係

我因某些緣故再次搬家。搬到離下北澤只有一站之處。所以離我家最近的都市（算是都市嗎？）還是下北澤。

我感覺這將是我人生最後一次搬家，因此種種感慨頗深。

說不定我會死在此地的預感。

現在陪伴我的動物們想必也會死在此處的傷感。

抱著這樣的心情住在某處還是頭一次，正因如此，那樣的預感肯定會成真吧。

我應會以此地為根據地，前往各處，然後又回到這裡吧。

第一次走進這個房子時，我就確信，打從以前便在夢中看到的家就是這裡。我抱著這個確信搬來了。我順應命運的潮流，在金錢和時間方面排除萬難總算實現了。在我心中住著一個孩童的我，每次剛換新環境時，她總會有點不適應，寂寞地抱著膝蓋。可是這次，上次搬家讓我頭痛萬分的動物們也立刻適應了，行程也全都自然地順應下來。搬家固然辛苦，卻沒有像上次那樣格格不入的狀態，因此損失得以保持在最低限度。來幫忙搬家的阿一和雅子，也很體貼地抱著我心愛的物品小心翼翼替我搬運。

老交情的木匠和園丁也交出最棒的工作成果。

雖是嚴冬，他們卻不辭辛勞，當成自己家似地慎重處理房屋結構及植物。

迄今想到這點我仍會感激得想哭。

這次，也在銀行、不動產方面得到許多珍貴的經驗。也有許多非常快樂、幸福的遭遇。

現場監工留的字條「謝謝妳買的咖啡。很好喝」令我微笑，聆聽設計師兒時的故事讓我深深感到要珍惜房子，還有新家的房屋仲介商，不僅聰明且為人風趣，不知不覺我們全家都成了他的粉絲。

只不過相隔數年，不動產的種種狀況已改變。

但不管怎樣，無論是租是買，再怎麼小心提防，個人必然會吃虧。那是莫可奈何。因為個人通常是弱勢。

這年頭做生意完全變成是詐欺，只是用小字附記違約事項已經算是很有良心了。

比方說，我賣掉的前一個房子附帶「居住瑕疵保險十年」，為了途中變更名義所需，也附帶「轉賣特約」。

所謂瑕疵保險，是指房子漏雨、腐蝕這種明顯是施工方的責任導致問題發生時，透過房屋仲介由保險公司出這筆修理費用的運作系統。

但是真相是，只要建商或房屋仲介商不同意就不能變更名義，轉賣特約其實並沒有法律上的強制力……問題是這些事情我之前完全沒聽說。

賣的時候他們說「有轉賣特約所以隨時可以轉賣，也受到保障，沒問題，還請今後長期關照」，可是等他們一拿到錢之後就開始敷衍「那個做不到欸，最近建商也不配合變更名義……巴拉巴拉巴拉」。

這次幸好湊巧搬到附近，如果我搬到遠處甚至國外，有什麼事情時我這個名義人也得立刻趕回來，到場出面或者找裝修公司。

那種保證有哪一點是十年保證我真搞不懂。

簽約人是妳，妳就得負責到最後，之後可不關我們的事喔，不過做檢查之類有賺頭的事情我們還是會立刻趕來繼續包辦下去……那些人靠著這種幾近詐欺的方法，今天大概也在慈眉善目地賣土地。當然不只是房屋仲介。我聽說大型建商也是這種態度。換言之，這種準詐欺已成了標準應對模式。

建造可以讓人安全居住的房子，賣給喜歡那房子的人，就算那個人要賣掉，但房子是自己蓋的，所以自己負責繼續維修——這種時代早已遠去。如今我的感覺是：幸好大家都是溫順接受現實的老好人呢。像我這種上了年紀的人只能納悶不解。我並不是說以前就比較好。現在也有很多好的地方。只是，這套系統如果長久持續下去，我總覺得大錯特錯。只要人還是人，就跟核能發電的問題一樣，看不起人的話遲早會出現破綻。

之前我也稍微提過，如果不「把人當人看待」，遲早會在哪爆發。

定期安檢幾乎等同靠找碴挑毛病賺錢，下游承包商雖被人討厭還是設法賺到錢，而企業不用弄髒雙手就能從中吸收利益。

比方說，已預定好一天能裝多少台空調的業者或組合家具的下游承包業者的現場工人。如果出錯就要從薪水扣錢，所以就算累壞了也絕對不能出錯，還是得趕往下一個工地。

這年頭銀行的人會建議八十五歲的老人辦個十年的定存。就是這樣的時代。日本的銀行員和保險業務員，為了哄老年人簽約拿出存款，四處拜訪獨居的老人。自以為是在做好事地哄老人掏錢簽約，等到老人住院，除了契約相關的部分一毛錢也不給。

這裡和土地遼闊的美國不同。當然不可能採取同樣的作法。但是，如果在日本以外的國家受騙，雖然比日本人更無情，至少我感覺心情比較沒那麼複雜。日本人的好處，就是偶爾現場會出現可以超越一切的人，這種人同時也是可以從末端改變世界的人。所以才有希望。

「大家都這麼做，況且總得賺錢糊口，所以沒想太多」的想法是大錯特錯。

因為我們無論何時，打從以前就一直是以「人」為對象在工作。

人類希望盡可能得到幸福，想安心，想與誠實的人建立愉快的關係，只要這種希望古今中外始終不變，因果報應就會作為大原則成立。這是無法扭曲的宇宙法則。

看著樓梯，我每每想起母親在世時。

她不能走路後，老家的樓梯就裝設了電動升降椅。

母親在一樓的客廳吃飯，坐累了總是乘坐那個升降椅去二樓的房間。

伴隨著為了安全響起的「升降椅啟動」的音樂，母親含笑揮手對我們說「拜拜」。

就像偶像明星離開舞台時的笑容。

我很遺憾神經質的母親無法一輩子常保那種笑容，但她生前最後那段日子有點失智後變得笑口常開，我想那是神明的贈禮。人還是神經大條一點比較幸福吧。

話說回來，搬家後，我立刻從新家的樓梯摔落。

一方面固然是因為每天的肉體勞動已經精疲力盡，同時也是自己太大意，再加上正準備要去機場難免有點慌亂。

總之，我摔得驚天動地，尾椎骨狠狠撞到樓梯，照鏡子一看屁股裂成四瓣又嚇了一跳（笑）！

那天殺的劇痛令我哭了出來，狗狗跑過來舔我雖然很欣慰，但總之我不能坐也不能站，真的是不管做什麼腦中都只有「好痛……」這個念頭。

但是勉強還能走，於是我直接趕往北海道，飛機降落時我痛得慘叫，到了旅館就發燒爬不起來，外面下著大雪溫度極低，我的心情非常憂鬱，但我還是去了與人約定的「魔術香料」札幌總店。

那是下北澤也有分店的湯咖哩餐廳總店。

「魔術香料」的老闆下村先生據說曾在泰國被綁架還有特異功能，歷經離奇的命運，最後找到用香料咖哩帶給人們健康這個使命，是個強人。一如店內販賣部渾沌的光輝，他的世界想必非常美麗又複雜。

關於他的事蹟我只看過一本書，對他的思想不是很了解，但實際見面後發現他是個非常敏銳又寬容溫和的人。他的女兒是歌手一十三十一小姐。我很喜歡她縹緲空靈的歌聲。他太太也超可愛，總是像小太陽發光。一家人的感情極好，感覺很自然地相依相偎。

不知是下村先生擁有的運勢之力，還是他貼心的招待所賜，本來痛得歪歪倒倒已經走不動的我，不知怎地吃了他店裡的湯咖哩就變得精神百倍，結果情緒高昂到「痛並快樂著」的狀態。

聽到我說很痛，老闆與老闆娘就給我他們從泰國買來的貴重藥膏，還陪我一起慢慢下樓梯，讓我在心中鮮明想起「慈愛的雙親」。或許是因為那個緣故吧。

起初，「魔術香料」供應的咖哩蘊藏的豐富蔬菜，北海道特有的偏甜口味，以及店員的高昂情緒都讓我大吃一驚。我原先甚至打算像觀光客一樣去一次嘗嘗味道就好。

可是去了幾次後，我發現離開時心情已變成「吃了好多蔬菜。攝取了大量的優質香料。真誠與人接觸，得到良好的服務」。於是越來越喜歡。我開始感到那偏甜的口味有深奧的溫醇。看著從某人腦中誕生的世界化為現實總是讓我很開心。那間店內就給人那種感覺，感覺有根。不是憑著既定的企劃案或亞洲風情這種模糊的想像建立，一切都是有深遠的理由才出現的。

我的尾椎骨依然很痛，但心情變得很振奮。

因為那裡的食物充滿了愛。同行的朋友對我的真心關懷，以及下村夫妻慈祥的鼓勵，店員們俐落的工作態度，這些全都是愛，滲入我的心底。窗外是一片白雪世界，不管做什麼，不習慣大雪的我都會立刻滑倒，而且屁股很痛所以更加悲慘，但即便如此還是莫名地安心。

我得到愛，用謝謝回答，形成某種循環。

那是人際關係，就連每個人的沉重問題也會在此豁然開朗。若能保持這樣的良性循環，我想真是太好了。

只是短暫住過的房子，無法發揮轉賣特約的那個房子（笑），也都是很好的房子。

我在那裡經歷了真的很辛苦的搬家，也曾和家人討論，徹夜思考難以入眠，甚至感到窩囊，也曾為了寫船橋的小說多次造訪船橋。

雖然那房子太小，實在難以想像一家人怎麼在裡面住上一輩子，但房子總是溫柔擁抱暫住的我們。毫無問題，始終流淌著溫馨、甜蜜、明朗的空氣。

去年夏天一個晴朗炎熱的傍晚，我記得當時我從船橋精疲力盡地抵達世田谷代田車站，然後走路回家。我向最喜歡的山崎麵包店的大嬸打招呼，踩著涼鞋一步一步向前走。手上拎著在船橋車站買的麵包。

啊，在船橋收集資料的日子結束了。有點難過，卻也一直很快樂。今後要完成小説很開心，但是再也無法抱著像住在船橋一樣的心情在那一站下車了……我一邊這麼想，一邊仰望我家。

夏日天空下，房子似乎莞爾一笑對我説「歡迎回來」。荷葉盡情伸展，門牌上有家人的名字，陽光照耀整個房子，房子的白牆閃閃發光。

這是永遠百分之百愛著我們的空間。

要離開它雖然害怕得想哭，但新事物本來就總是令人害怕。

等這次的房子安頓好了，我大概又會寫很多作品。

這次的房子是實力派，從我突然跌落樓梯便可看出，這房子就各種角度而言都很犀利，不像之前的房子那麼溫和。隱約有種生死決鬥的氛圍般嚴肅的一面，它還在窺視不成熟的我們，暫時還不肯溫柔地放鬆。恐怕需要一點時間才能適應，但相對的，我覺得是非常誠實的房子。

搬來的第一天晚上，第一次打開電視，大家吃著外賣披薩看電視時，望著心愛的家人與朋友，我深深感到，啊，這裡果然是我們的家。

但在前一個家短暫美好的日子也是永恆。

走到陽台上，隔壁的老太太正好也出來，於是隔著陽台閒話家常，講講鄰居的八卦，彼此幾乎都是穿著睡衣在聊天。

社區自治會負責收錢的老太太看起來總是很累，我問她要不要幫忙，她塗著鮮紅口紅的嘴唇露出笑容說，如果少了這份工作她就要老人痴呆了。

總是把小貓小狗全帶出來一起散步的可愛的一家人。

雖只是搬了一小段距離，卻已無法和那些人保持同樣的生活節奏也令人傷感。

不過，我想天天向上，積極向前，今天也活在當下。

小孩的襁褓時期我當然不是不懷念，看到他小時候每天看的繪本和玩具也會感慨萬千，但還是能見到現在的小孩更開心！這是同樣的道理。

因為這個人生，我擁有的只有「現在」這一刻。

再見，我那狹小溫馨的甜蜜之家。我只想說謝謝。

電影

小說改編成電影，真的是困難的問題。

即便電影預算再怎麼低也需要一定的資金，提出企劃後真正實現的機率相當低。

企劃案的成立有種種情況。例如導演對原作有熱情，主演的演員敲定後才去尋找適合的原作，根據預算自然導向那個原作，製片人對原作有特殊感情於是委託自己喜歡的導演，國家或都道府縣政府參與決定拍攝……諸如此類。

這些資訊有的公開有的不公開，在包含種種因素的情況下向我這個作者徵求原作的使用許可。契約上規定原作原則上不可被任何人拍成電影，因此我也不得不慎重決定。

改編電影成功的案例，往往都是不可思議地天時地利人和配合得恰恰好，幾乎毫無阻礙地從頭到尾順暢運作。

最近我甚至幾乎可以單憑對方來徵求許可時的感覺就知道電影能否拍成。

也明白了能夠請動電影之神的只有一個，那就是人的念想。

自己的小說就算拍成電影，作家這種生物基本上都很內向，那肯定像是有人在眼前朗讀自己的作品會很不自在。

我如今成了歐巴桑早已習慣這種事，但多少也理解電影如果和自己最在乎的部分有出入，難免想抱怨兩句的那種心情。

我通常看得很開，全權交給導演處理，但偶爾覺得「這再怎麼說也太過分了……」時，還是會姑且說出來。

雖然會說出來，但多半不管用。

不是被人家當作「作家對作品本來就特別有感情嘛」打發，就是會變成超級麻煩的尷尬場面。

我的作品過去曾多次被厲害的導演透過厲害的影像與詮釋拍成電影。

每部都是令人難忘的精采電影。

我通常會盡量去拍攝現場探班，所以也有很多拍攝現場的回憶。

和年輕時的牧瀨里穗及中嶋朋子一起聊天，走在路上發現真田廣之③帥氣

---

③ 三人共同演出一九九〇年的《鶫》。

地迎面走來彷彿電影場景，當時還年幼的兒子與堀北真希[4]手牽手走路讓大家羨慕不已，還有川原亞矢子[5]漂亮的笑容，菊池亞希子[6]出色的穿著品味……。

已故的森田芳光導演和夫人優雅睿智的對話，同樣已故的市川準導演擷取街景的美妙方式，這些也都令我印象深刻。他們果然是巨匠。存在本身就籠罩著特別的光芒。

但我也不太會形容，總之那並非「我的電影」。不是我的主題，也不是我的作品。

無論是《阿根廷婆婆》或《海的蓋子》都是很美的電影佳作。所以，那樣就夠了。電影是屬於導演的，不用屬於我也沒關係。

至於我的作品，說得極端點……如果只取出故事大綱來看，其實只是平庸無奇有點可笑的普通故事。

有美麗的風景，或者有一群女孩聚集談論人生的某個話題，或者有點靈異現象，或者是暖心清風的設定，所以導演多半會把那些當成輕飄飄軟綿綿的氛圍擷取出來。

「主角厭倦了東京的生活，心想不如返鄉開一間自己喜歡的講究刨冰店，抱著這個念頭回到老家後，年齡相近但相當麻煩陰沉的女人來訪，主角起初覺得她很煩，但漸漸與她相處融洽，最後彼此都能發揮才能真是太好了呢，還是做自己喜歡的工作最好呢。」

類似這樣……（笑）

「主角的母親死掉了，但傳統工匠氣質的父親不僅老是和主角唱反調，而

④ 二〇〇七年《阿根廷婆婆》。

⑤ 一九八九年《廚房》。

⑥ 二〇一五年《海的蓋子》。

且整天泡在鎮外瘋婆子淩亂的住處，甚至生出孩子這怎麼得了！主角起先為此發飆，但是發現父親也有父親的想法後就握手言和。」

類似這樣……（笑）

不過，我的小說如果仔細閱讀，背後其實有主題如泉水源源不斷湧出，構造非常獨特。

前面提到的第一個故事的主題是「大海不知不覺讓人變得勤快」，第二個故事是「女人絕對無法理解的男人樂園是什麼？遺跡又是什麼」。

恐怕沒人會想到是這種主題吧？

太過迂迴彆扭了嗎（笑）？

當然只擷取故事情節暖心的部分拍成電影完全沒問題。導演肯描繪我內在光明的那部分是好事，況且無法傳達出主題的深度可見我自己的筆力也有一點，不，是相當大的問題。

關於這方面，我無法用旁人的眼光看自己的小說所以沒辦法，但我當然每次總會反省「我在隱藏主題這點好像做得太過了」。

為何要隱藏？

不是因為內向也不是因為乖僻，純粹是因為我喜歡主題點到為止，散發若有似無的味道。想到它在人們的潛意識中幽幽散發餘香數年，我就覺得那種幾乎被遺忘的若有似無感最好。

我很喜歡的義大利導演達利歐・阿基多（Dario Argento）拍過一部電影《外傷》（Trauma，一九九三）。

電影描寫有個女孩子因故罹患厭食症，青年在真摯幫助她的過程中漸漸愛上她，在追查她家發生的可怕殺人事件真相時自己也差點遇害，後來雖知凶手是誰但人人都因此受傷，即便如此青年還是決定愛她……就是這樣的精彩內容，但在那被鮮血覆蓋的標準恐怖片影像背後，潛藏的主題是「就算因親子關係深受傷害，做孩子的還是會身不由己地愛著母親」，充滿了悲傷。

那種描寫方式恐怕很難讓一般看電影的觀眾體會吧……這我也能理解。

青年為何在湖邊不停徘徊尋找女孩甚至因此溺水，這時為何響起優美的主題曲，想必絕大多數的人都不解其意。

最後他們僥倖生還為何沒有欣喜地擁吻，為何會出現演奏雷鬼音樂的樂團，幾乎所有的觀眾都會感到少了一點心靈淨化之感吧。

然而，某種人知道。

正因為只有那一幕可以看出他有多麼愛她，所以異樣地冗長。

而且，如果真的受傷了，即便在愛人的懷裡也只能不停顫抖。

無法傳達給多數人也沒關係，一如導演在《外傷》的表現手法深深救了我，我也想創作出內容真的能夠拯救他人的作品。

不久前的下北澤曾有改裝前的日本茶喫茶店「月雅」。

美貌性感的理繪播放美妙的音樂，在大金魚優游水槽的徐緩氛圍中，慢條斯理地喝茶。

我對改裝後還有理繪的「第二期月雅」，以及店主會溫柔找我聊天的現在「第三期月雅」都很喜歡，但是想起當時古老建築的「月雅」還是不勝唏噓。那個年代還沒有「Titchai」泰式餐廳出現，「Les Liens」法式餐廳也還在。

我推著嬰兒車，牽著年幼的孩子的手或抱著他去「月雅」。

「月雅」會送給小小孩糖果當禮物。

我家兒子總是很期待那種星星形狀的糖果。

「我一直看著小孩漸漸長大直到會開口拒絕糖果。那讓人既喜又悲，有一天M小弟弟想必也會變成那樣吧。」

理繪曾如此對我兒子說，但她現在已不在「月雅」了。我總是一邊想著她哪天或許會回來，一邊惆悵地回想起當時。

我家小孩的確不想要糖果了，但還是和當時一樣在「月雅」吃抹茶凍，喝好幾杯柚子昆布茶。

上次星期天湊巧小孩沒出門我也在家，於是我們母子一起去「月雅」。

「真懷念，以前經常在星期天和媽媽來『月雅』欸。」小孩說。

「還經常吵架呢。」我說。

「哪有，明明每次都很開心。」小孩說。

我心想，沒想到孩子這麼大之後還會一起來喝茶。將來就算哪天他離家單飛，肯定也會有這種機會吧。這世上又多了一個成人，同時我的人生也多了一個好友。這是多麼不可思議。

我體內的胎兒呱呱落地逐漸長大成為一個人獨自行走。以前明明得靠我抱著走，現在個子都快比我高了。還有什麼比這更神奇。

然後人生就在轉眼之間結束。

這麼一想，我已別無所求。也沒有任何煩惱。

只是這樣坐在各種時期的「月雅」，啜飲好喝的日本茶。

好像唯有這種事才是最重要的。

當時，我經常與若木信吾⑦在路上相遇。

他當時也和現在一樣沉默帥氣，淡定地穿著短褲走路。

突然缺人手時，我發電子郵件問他有沒有認識什麼可以打工的年輕人，他立刻從廣大人脈中介紹各種人給我。其中一人如今在我的事務所已成了無可取代的主力。我真的很感謝他。

⑦若木信吾：攝影師、編劇、書店負責人。執導芭娜娜作品改編的電影《白河夜船》。

他拍攝的照片之所以精采，想必是因為他澈底透過「自己的眼」去看待世間萬物。

他經營過出版社也開過書店，雖然看似高調實則不然。八成只是基於「沒有的話就自己開一家」的想法，態度自然地行動。感覺上，只是順勢而為抱著男子氣概全力以赴就變成這樣了。

「大抵上的事都能忍耐，唯有想睡覺忍不了。」他在演講時說過。

我懵懂想像著他在忍耐的許多事。

心情就像看著霧氣氤氳的美麗湖面。

他根據我的原作拍攝的《白河夜船》，就各種角度而言都打破成規。

腳本是根據他自己想像的照片拼貼成書（已經美麗得堪稱作品）出發，拍攝過程僅有一星期。幾乎完全沒借用音樂的力量，只憑藉導演操控攝影機的鏡頭感，不管其他拍就是了，有點類似紀錄片的手法。

但拍出來的片子的確如實呈現出我年輕時投入那篇作品的靈魂。

「年輕的自戀主義勉強支撐她，但她太溫柔，無法介入某人的幸福與悲痛。就算那種溫柔會殺死她，她還是想為心愛的人有所貢獻，也想做自己。」

「自己親近的人自殺後，會有個永遠沒有解答的大問號化為曖昧不清的暗影籠罩自己。如此一來心靈漸漸變得空虛，一半好像已在幽冥。」

這些，就是年輕時寫那篇小說的我想說的。另外我也想說的是，保持這種良好姿勢的人自有恩寵降臨，所以一定要把握住喔。

那個與心中的暗影戰鬥到底遍體鱗傷的英雄般的主角（我認為電影深入表現出飾演女主角的安藤櫻可愛的一面），若木深深捕捉到了。

過去每次作品拍成電影，我雖然感激，卻總懷疑自己的腦袋或許有點奇怪。

如果沒把我的作品主題傳達給那麼厲害的導演們，對方當然不可能感受到。但電影歸電影，我心懷感激地接受導演的種種詮釋，決定今後也繼續描寫世界。

我自己固然不可能和小說畫上等號，若木當然也是，我們就像是把小說放在中間，雙方各自從不同的岸邊潛水，在海底相遇。那和遇到優秀的翻譯家時是同樣的感觸。

正因如此我才能在深層得救。

若有一個人能夠正確用影像翻譯我的作品，之後隨便大家怎麼自由發揮都行，只要有一部這樣的電影就好。

若木用他獨特的拍攝方式，不依靠任何人，也沒找我商量，潛入那篇小說發現的某種東西，仍保持昔日的模樣好好活著。作品固然歡喜，我也歡喜，若木也歡喜。

能夠有這種美夢般的好事，寫作果然是對的。

與若木在B&B書店演講後，我們去下北澤拍攝雜誌要用的照片。那短暫的期間，讓我想起昔日我兒子還小，若木也還沒孩子的時代，我們經常在下北澤的街頭相遇。

事後看拍出來的照片，一如往常的下北澤，一如往常的我在照片中笑嘻嘻。那是只有他才拍得出來的照片。

定居？遷徙？

只要活著必然會弄髒衣服，得洗衣服。

四處走動會揚起灰塵，所以房間也會髒。廁所更是髒得要命。

我想，我和不知廁所到底有多髒的人肯定無法溝通。知或不知這點在人生的形態上會截然不同。知道得付出多少勞力才能讓廁所不像印度寺廟的廁所，是非常重要的事。

只要吃了什麼東西，必然會有殘渣或弄髒的杯子碗盤。

住飯店或四處搭飛機、家裡有傭人可以不用做那些清潔工作時，相對的也得付出昂貴得嚇人的金錢，況且也得有那個餘裕。

就算男人全都讓太太做這些事，基本上也等於付錢給太太，所以才不用自己動手而已。

時間流逝，只要肉身還在，人就得處理身邊大小事情才能活下去。偶爾有人想省略到極致，幾乎身無長物地過著不斷四處遷徙的生活，那已是涉及人生的存在方式、生活核心的大問題了。說來理所當然。偶爾也有人澈底不打理自己的居住環境，甚至演變成整個地區的大問題需要出動區公所的人來解決，所以那種方法恐怕不能維持長久。

在現代，環繞這個問題該如何思考如何應對，幾乎逐漸等同於個人的個性。因為我認為，整理生活用品，東西壞了請人修理或更新（包含人體本身）之舉，恰恰表現出「時間在流動」這個事實的全部性質。

那真的是看每個人應對的方式，所以會想知道別人的經驗。如果是好的經驗那就更不用說了。正因如此斷捨離的書和新游牧生活（NOMAD）的書才會這麼暢銷吧。

我自己就各種角度而言都屬於隨機應變型（這是比較好聽的說法，講難聽點就是沒有原則），因此很少為這方面的問題認真煩惱，但我很愛聽別人的這種故事。

比方說，有人討厭衣服發皺所以也討厭繫安全帶，連內衣褲都要熨燙，衣服連T恤都全部送去洗衣店……聽到這種故事，對此人一絲不苟的態度和為此耗費的金錢與時間嘆服的同時，也感到那種人給人的第一印象的確和自己大不同，總是穿著毫無皺痕的筆挺服裝，也會影響到生活方式，自有其功效。

說到食物的領域，那又有點不同了。

有些人討厭出現髒污，因此全部從超商買回來，吃喝完後只要把包裝盒扔掉就好。看到這種人，會覺得這樣的確很合理，但是成本也不低，而且就長遠看來可能對健康有害，所以得失之間又要怎麼算？或者會想，這樣還不如簡單吃糙米素食更好？

有人洗完澡時會把浴室內部澈底用熱水洗淨，再拿抹布擦乾，不留水分就不會發霉。但我忍不住會想，此人如果有了小孩怎麼辦？就像我家小孩，即便浴室有狗屎，他照樣可以在奇怪的時間坦然在旁邊淋浴，丟下濕淋淋的浴室就離開。

慢著！那種人根本不會生出這種邋遢的小孩吧……笑！

就在我這麼想的某一天，去兒時玩伴家作客。

她最討厭住處隔成許多小空間，她說自己的房子什麼都不需要，只要看起來寬敞就夠了。

地點在哪都行，她總是說喜歡住沒見過的地方。而且家裡往往亂七八糟。但那種淩亂，有種絕妙的平衡感。或許是因為從小在父母因職業關係經常搬家的環境成長，就算要搬家也能淡然處之的單純模式已在她的世界確立。但是她並未把東西整理整齊。純粹只注重自己需要的機能性。

我記得小學時，某次看她在搬家前一晚實在太淡定，令我很錯愕。「欸，妳是不是該打包行李了？」膽小緊張的我說。「沒關係，這樣就好。」她說著弄出一個紙箱，把整個抽屜的東西直接往箱子裡倒扣，明明還有空位就把箱子封起來，寫上「抽屜第一層」。她說這樣抵達新家時更能夠簡單恢復原狀。

我看了佩服不已。

也對，只有定居在某處才需要定期整理，居無定所四處遷徙的人當然是怎麼想都行。這方面就按照個人判斷，為了生存怎麼改造都可以。這個想法令我恍然大悟。

多少也能理解她家難以形容的淩亂以及她那種生活法則了。

現在的她有丈夫和二個孩子，一家人按照她的原則住在寬敞的公寓一室。她說是之前的房客把二個房間打通變大的。

至於桌上，放滿了桌上可能會有的各種領域的東西。從挖耳勺到茶杯、筆記本、電子計算機、電玩遊戲機都有。但是並不會顯得骯髒。看來也不是沒打掃過。玻璃門的櫃子裡也有各種物品和平共存。

她女兒跑過來，任由放在各種東西上面的電玩機豎著就這麼態度尋常地開始玩遊戲，看來那種平衡感在這家中是理所當然啊，我再次深深感慨。

本來只是她個人價值觀，或可稱為合理性混亂的做法，如今擴大成了家族全員默認的狀態，我認為這點很厲害。

這和她過去雖然每次只做最低限度的事，但對這最低限度的事絕不抱怨必然會做到的生活方式完全疊合。

有些事不管大家再怎麼期待，她也會毫不猶豫地拒絕。那種時候的她，甚至會冷淡說出「我認為這個不用做」讓人們大吃一驚。但那是她在心中認真思考後做出的結論，之後就再不遲疑。這是很了不起的生活方式。經常遲疑迷惘的我雖然有點落寞，還是忍不住心生憧憬。

因為她是那種男友每次來過夜，她都會一本正經說「你能來我很高興，但是看到你在我做飯時看電視或躺著無所事事，我每次都會想，我這裡又不是旅館」的人。

沒有執念也沒有期待或幻想，不做多餘的事——原來也有這樣的生存方式和思考方式啊。

相較之下，充滿執念、停不下幻想與妄想的我的混亂到此地步，好像漸漸被迫出現變化。

我整天總是忙著做家事，甚至恨不得現在立刻就請「家事達人」出動，學習如何不浪費時間做家事。當然，衣服洗完了晾乾就行，碗盤堆積了洗乾淨就好。小狗的廁所髒了清理乾淨就好，書堆了太多整理整齊即可。

然而，假設是必須先用洗潔劑浸泡的頑強油垢，或是突然收到三大箱水果，一天之內收到三十本書，或者烏龜走過狗的排泄物上把走廊弄濕了，掃地機器人把小狗尿在外面的尿液塗得地板每個角落都是，而且貓還在此時嘔吐在桌巾上……各種狀況都有。結果各種狀況越來越脫序，寫小說的時間因此被迫縮短，這就是我的日常生活，當我一邊處理各種大小事情一邊總算把打掃和家事都告一段落時，往往也已到了傍晚。實在毫無效率也不合理。

在代澤租房子，是因為大狗死了，前一個家中的一切都變得難以忍受，再加上小孩出生，空間不夠用了。

上馬的住處住了十年。前面我也提過，和房東很合得來，總之那段日子徐緩又幸福。房租雖貴但相對地真的隨便做什麼都行，簡直是樂園般的生活。

有一次我開玩笑問房東：「我如果養聖伯納怎麼辦？」「養馬呢？」房東非常認真，「可以啊。」而且她還說：「妳想養什麼做什麼都沒問題。在陽台烤肉也沒關係。」這年頭恐怕找不出這種房東。那段日子真的很快樂。當然我並沒有大吵大鬧，但是無拘無束的感覺真的很棒。

附帶一提，大陸龜的尿滲到樓下房東家的天花板時我真的反省了，把大陸龜送給別人養了……。

若是經過各種歷練已近生活達人的現在，前一個住處浪費的收納空間絕對可以好好改善一番，但以前單身獨居的地方要塞進一家人遲早會塞不下，所以搬走是很自然的選擇。

自己為何如此執著於房子？是因為身為女性，還是因為在家工作的機會較多？有一天我不禁沉思許久。

我常出國工作，東京的住處如果選擇小房子並且實行游牧式生活，或許就納稅方面考量方為上策？雖然每次別人都這麼勸我，但我為何還是沒有選擇那種生活方式，迄今定居在下北澤？若要這麼問我也不清楚。

簡而言之，大概是因為我太愛動物吧。

隨著年紀增長，搬家會越來越吃力，再加上大狗死後如果搬家，好像把牠獨自拋下，所以或許是因此不太想搬家。

還有，明明整天都在打掃，可是動物只要有出門就會弄髒，每次都惹得別人大怒。我已經疲於應付。附帶聲明，上馬的房東當然完全沒生氣。雖然修理費超過押金，但她說我住得久又相處愉快所以不需要更多了。

說我「尊敬動物」絕不為過。

因為動物遠比人類更了不起。

動物按照最理想的死法衰老，直到死前還正常生活，儘管腳步蹣跚也能自己上廁所，只是漸漸不再進食，但也沒有枯瘦如柴，當最後那一刻來臨時，動物會等到飼主全體到齊，然後像要說聲「再見」般就此斷氣。

我已經歷了好幾次這種過程。雖然一樣會傷心，失落感也因多年相伴更顯得強烈，但那種死法會讓人在事後湧現颯爽清風般的尊敬。

能夠做到這點的人類何其少。人類是多麼貪心啊。這麼一想就會越發喜歡動物。

當然我也希望自己死去時能夠盡量做到那樣。但我的煩惱太多恐怕會很痛苦吧，這麼一想又有點害怕。比起死亡，被迫看到自己的煩惱更可怕。

如果那樣理想地死去時，靈魂暫時在分不清是生是死的狀態下繼續待在家裡，不由自主地望著親近的人們，而且死後如果有該去的場所，說不定還有某人前來迎接，就此離去……然後偶爾會因為惦記親友又回來玩——如果真有這種事，一直定居在同一個地方應該會更自然吧。我逐漸這麼想。

離奇的是，當我看《黃金神威》（Golden Kamuy）這本漫畫，看到愛奴族混合了定居及為了狩獵四處游牧的生活，人人都知道「明天不見得能像今天一樣活著」的生活方式，我強烈覺得，其實現在也該這麼做。

而且最好死了就忘記自己已死，對一生的生活稍做徘徊，然後滿足地想，的確是相當不錯的生活啊……那就是我的憧憬。

英雄們

我在這本散文集的開頭就提過，在我被命運引領來到下北澤的那一天，偶然看見抱著雙胞胎的SHEENA與鮎川先生。

他們的外表在滔滔雄辯：住在這個自由街區的人，可以這樣按照自己希望的方式長大。

不可思議的是，那棟房子和我現在的事務所近在咫尺。

每當我經過那有點坡度的道路，就會想起當日的一家四口。就像看一張照片般在心裡重新回想。

於是我會想起當日的我。那是我與將來自己要居住的城市宿命般邂逅的瞬間。

那天的我，天真地去好友姊妹倆過著自由生活的住處過夜。二十歲的我，對好友那個粉領族姊姊擁有的LV包包心懷憧憬。

附帶一提，當時那對姊妹租的房子還在附近。那天我走上的樓梯也依然如昔。

那對姊妹有一次弄丟鑰匙無法進門，房東也睡了，只好從外面打電話回老家，擔心的父親竟大老遠從靜岡縣開車送鑰匙來。那個在我們之間成為傳說中的「超疼女兒的爸爸」，如今也已去了天國。

那時的我還年輕，整天四處玩樂，也不知道正在學什麼。想住在何處只不過是夢想，甚至壓根沒想過要申請護照。也無法坦誠正視自己的人生。更無法思考將來想怎麼生活，只是決定先成為作家再說，先成為專業寫作者再說，這樣的話，小說應該會把自己帶往某處。

結果一半真是如此。不，或許超過一半。小說不知不覺把我帶去全世界的城市，讓我看見全世界各種人物的淚與笑。

想必也有很多人對此只會認為：妳的運氣真好、真令人羨慕、老天爺肯賞飯吃讓妳擁有這份才華不就足夠了。

但我的人生呢？我想過的生活呢？

一直只是拼命向前奔跑的我，直到最近才真正發覺，那和寫小說不見得畫上等號。

而我平凡地抱著「現在如果能回到年輕時」這個人人理所當然會有的後悔，同時卻也在想，我要好好享受從現在起的剩餘時光！

或許財力、人氣和體力都已不如當時。但我痛切知道重點絕對不在於那些。當時我有財力、人氣和體力，卻好像總是處於瀕臨自殺的狀態。驀然回神才發現，現在，這剩餘時間是神賜給我的時間。

這麼一想，簡直幸福得為之陶然。

幸好我及時發現。而且我希望今後我寫的東西，全部都能幫助未能像我一樣看清人生的讀者及早察覺。

距離我在那對姊妹家過夜過了二十多年後的某個夏天，我和兒子及朋友去參加某個散漫的音樂節活動。

鄰居曾我部惠一和舊友鈴木慶一據說都會出場表演，而且又是孩子最歡迎的白天活動，壓軸的是ＹＭＯ⑧（這是別名，是那三位出色的音樂家組成的），我想，帶小孩去應該沒關係吧。

那天的天氣熱得匪夷所思。

熱得人忍不住脫了襯衫只剩坦克背心，把寶特瓶的水當頭澆下。小孩也頻頻吃刨冰解熱，朋友也一直戴著帽子。

曾我部先生出場之後，好像就都變成比較緩慢快活的音樂，我們也頂著豔陽閒適地躺在草坪上。

迄今我仍記得那瞬間。

隨著吉他驚人的聲音，突然間，不只是燈光還有金色光芒混雜夕陽的暮光，舞台伴隨著歡呼聲閃閃發亮照耀我們。

眼前是意氣昂揚的SHEENA小姐，率領包括鮎川先生在內的THE ROKKETS搖滾樂團，光芒萬丈地站在舞台上。她嬌小的身體以嘶啞的嗓音唱出超大音量

---

⑧ YMO：黃種魔術交響樂團（Yellow Magic Orchestra），由坂本龍一、細野晴臣及高橋幸宏組成。

的動感歌曲，樂團也以爆炸聲演奏搖滾樂。

比起我以前看到時，她變得更厲害幾千幾萬倍。

正因為創作、表演的音樂與生活方式緊密相連，所以毫無陰影的她燦然如太陽放射光芒。鮎川先生也完全沒有變成她的影子，堂堂正正站在那裡。

那一刻我看到一個奇蹟。

酷暑與場所與時刻，乃至自己，全都不見了。歸根究底那才是搖滾。

他們的現場演出有多厲害，我們其實得到的訊息並不多。

我在瞬間學到，正因為這個時代網路什麼都會告訴我們，所以這些能夠激勵自己的資訊，必須靠自己一一用身體去操控命運來收集。

如果我們只看平常映入眼簾的資訊絕對不會知道，像這樣幾十年來一直帥氣生活，提升自己才華的人們一定還很多，只是我們不知道，但絕對存在。我也不能鬆懈，不能放棄希望。

即便當我孤軍奮戰，感到自己在這封閉的社會中難以生存時，這種人也在默默演奏。

他們也不見得永遠都是快樂帥氣的。長年來想必也遇過超乎想像的事情。但他們養育孩子，管理健康，在經濟方面也設法周轉，長期努力，將人生按照自己想要的方式一路走來。

那全部呈現在他們的歌聲和演奏中。

為了那瞬間燃燒生命——SHEENA & THE ROKKETS樂團如此傾訴。

之後又過了幾年，我在下北澤參加了年僅六十一歲便過世的SHEENA女士追思會。

那是個下著悲傷冷雨的傍晚。

SHEENA女士和我雖只見過那幾面，但我很榮幸跟她住在同一個城區，也對她昔日促成我定居下北澤的緣分心懷感激。

她被鮮花環繞的遺照面帶笑容，還是像當日一樣閃耀光輝。

我想，人活得無悔的偉大將永不消失吧。

周身光彩毫無陰霾的鮎川先生和女兒們坐在那裡。態度淡定，像一個生物般凝聚成一體。

我本來以為出席追思會應該會很悲傷。彷彿好時光全都結束了，會萌生從今以後世間再無任何快樂之類的心情。

但我錯了。當我離開追思會會場後，在我心中似乎倏然亮起溫暖的火光。從內在溫暖了我。

那種感覺很不可思議。

後來我心情平和地和朋友交談，和來訪的姊姊共餐，細細品味「活著」這件事。在我心中平時就有的雜音消失了。我這充斥雜音的人生，看到生活方式毫無雜音的人，雖會感到難以形容的惆悵，但自己好像也可以慢慢消除那些雜音了。

而前來參加我喪禮（大概不會辦，也許是追思會吧）的人，離去時如果能像當時的我一樣得到什麼啟示，能度過那樣的人生不知該有多好。我想，現在開始也不遲。

雖然沒打聲招呼就離別了，但我祈求引領我來到下北澤的恩人安心長眠，她的家人今後也能被幸福籠罩。

父親過世，好友過世，母親也過世的那一年，接二連三的喪禮令我頭暈眼花，甚至已分不清哪次請的是哪位和尚誦經，到底是誰的喪禮，就在那一年，我公公從那須來看我們，我非常非常開心，幾乎克制不住笑容。

我心想，我還有父親呢。可見我當時有多寂寞。

冒雨前往上野車站時，替我開車的是如今已去了琦玉縣幫忙家業，在本書也曾多次出現的我超愛的司機小八。我說：

「爸爸，我好寂寞好寂寞。請你不要走，和我們一起生活吧。」

雖然沒流眼淚，但我幾乎是哭著這麼說。

公公只是用慈祥的眼神默默聽我訴說。

我很忙，要養家，東京還有事務所，也有很多讀者，個性有點飄忽不定，喜歡熬夜；而公公是全世界最愛種田的人，早睡早起，自給自足，壓根不想住在東京。所以要同住鐵定不可能。我丈夫也完全不打算減少工作返鄉定居。

不過，肯定還有另一個我，真的很想過那種生活。

乖乖嫁人，登記入籍，逆來順受，喜歡照顧別人，愛撒嬌——如果在另一種教育方式下成長想必會出現這樣的我。

那個我究竟認為什麼才是幸福，又會為了什麼而後悔？

那個雨夜，在往昔與父母共度的上野街頭，另一個我吶喊的人生，究竟去了何處？

我無法想像自己沒有選擇的另一種人生。不過，當我沒有選擇的另一種人生對我微笑時，或許我能夠永遠都不愧對那個人生。

人們總會讚揚做出某種選擇的人及其堅定不移的人生。

我也想讚揚SHEENA女士和鮎川先生。

然而，想必也有他們未選擇的另一種人生。

就像我選擇了下北澤，沒有選擇在其他地區生活的人生。就像我沒有選擇正常結婚減少工作的人生，沒有選擇和我最敬愛的公公一起生活的人生。

他們夫妻倆想必逐一選擇了各種事物，無悔地凝視每一條沒有選擇的路，執著地一路堅持音樂到現在。

想像到這裡時，化不可能為可能的英雄，終於成了我們眼中的普通人。和自己一樣擁有同樣的肉體，也會疲憊，置身在同一次元。

而且或許終於可以真正地理解，他們達成的事情有多麼不容易。很帥，很了不起，和自己不同。這麼一想，我好像也從他們身上得到非現實的真正的力量。

上次看《映像世紀》這個節目，描述柏林圍牆崩壞的過程。而且播出作為重要推手的演唱會片段。抱著傳達給東柏林的心願，用德語演講，背對柏林圍牆演唱〈Heros〉的大衛鮑伊帥得要命。

不過，這必須出動多少人，還有幕後工作人員的辛勞，交涉的辛苦，搞不好會被殺（肯定有過吧）的風險，日程的調整，如何架設音響好讓牆壁那頭也能聽見聲音等等，問題想必一大堆。顯然不是只要去現場開口唱歌就好。

想像他如果不那樣做本來可以過得多麼舒適自在，就覺得不容易。但他還是想嘗試，覺得非做不可，並且真的實現了，我想那才是成為英雄的條件。

我們總是見識到這種人厲害的一面後，又回到自己的日常生活。但有一天我們會驀然發覺。自己在自己的崗位，又該做些什麼才能夠比得上他們的行動？

那一刻，我們才會發覺他們在現實中費了多少功夫站在那個場所。做一本書，需要許多人在幕後工作，還有拿起那本書的人耗費的時間。我想永遠銘記這點，盡可能接近某位英雄。

你認識我

我長期觀賞的美劇《陰屍路》，隨著劇情接近尾聲，人們開始創建村落。在那個幾乎被喪屍統治的世界，人們結交夥伴，建立家庭，生兒育女，並且創建村落。包括主角在內的隊伍，起初只殺喪屍，後來也不得不開始殺人。

這麼寫好像是根據單純理性邏輯描寫的毫無人情味的影集，但腳本和演員們的演技實在太優秀，讓我欣然領會，「啊，這是迫不得已，如果我處於這種立場，或許也無法視而不見地活下去，寧可殺死那些想殺害我與我的家人的人吧。」真的讓人非常能夠理解世上戰爭不斷的原因。

無論在什麼環境，就算外面正有喪屍慢慢走過，明知那才是人類共同的敵人，人們還是會搶奪他人，希望自己的地位比他人高，這就是人性的某一面吧。

即使那樣互相憎恨，殺戮，搶奪，不，正因為有那些，更讓人感到「人畢竟是一種『想接納夥伴創建村落』的生物」有多麼傷感。

以前某雜誌曾刊登一則我的誇張又荒謬的醜聞。

內容大意是說我被某人狠狠甩掉後，想不開之下跑去山上的寺廟出家。

如今回想起來都忍不住會笑，老娘我明明就是神道教的信徒！縱使真有煩惱也不會去寺廟！

我和那男人也算有過朋友以上戀人未滿的時期，多少能理解他也有他的話想說，但那報導實在太離譜，我懷疑世間的八卦新聞或許全都是這樣掰出來的。

附帶一提，我去山上的寺廟是真的。至於去的原因，是我的閨密和修行中的僧人談戀愛，要去那座禁止女性進入的寺廟會情郎，身為作家的我可以用採訪資料的名義，或是用團體名義送點慰勞品也行，於是我成了所謂的「擋箭牌」。僧侶修行期間如果碰觸女性就觸犯戒律，所以我們只能隔著大老遠遞上慰勞品。我的朋友和僧人一直隔著一段距離並肩步行。那種哀愁的情景連我這個旁觀者看了都不勝唏噓。後來他下山後二人就結婚了，我也算沒有白當擋箭牌，頗為欣慰。

不過我可不想再被捲入這種事！和那男人的關係也變得很尷尬，我朝著各方人士不滿地抱怨，但當時有幾個人對我說，「I君和那家雜誌的人很熟，會不會是I君提供的消息？」

我和I君不熟，所以還不至於懷疑他。我只是覺得，不想再待在那種會聽到別人隨口提到那個人名字的環境了。

那件事在我心中留下小小的疙瘩長達數年。

我和醜聞另一方的男性已重修舊好，還把我家的空房間租給他，全家人都和他相處融洽，他有時還會帶我兒子去理髮，當然這中間歷經了漫長的時間。

也輾轉聽說I君離開了之前的公司，我想，唉，肯定不會再見面了吧。

然而，命運又讓我們再次相遇。

丈夫因工作外出的某晚，我也因工作晚歸來不及買菜，家裡的冰箱只剩大蔥。

當然也可以用蔥花妝點泡麵打發一餐，但小孩突然說想吃生魚片，於是我們母子決定出去上館子。

或許知道的人不多，下北澤其實有很多店可以吃到便宜又好吃的生魚片。對於愛吃魚的人簡直是天堂。

離我家最近的海鮮料理店雖然有點貴但魚很新鮮，只是小吃的話應該花不了太多錢。自從該店開業至今，我們全家都是在有客人來訪時或這種深夜的時候去光顧。因此這晚也輕鬆地掀起門簾進去。

然而，情況好像不對勁。向來會出面招呼的小哥沒出現，是一個沒見過的兼職女店員出來。

她說，「不好意思，小朋友不能入店。」

上個月我們來的時候明明還熱烈歡迎，難道規矩改了？我暗自思忖，一看門口貼的告示，上面寫著「禁止未入學的小朋友來店」。

我往旁一看，我家小孩已經是高頭大馬的十三歲小朋友。不管怎麼想都不是未入學。

我試著解釋，但對方說：

「上個月來的時候明明還可以進去。我們從這家店開幕就常來。」

「這是新規定，不好意思。」

「可是，這孩子已經不是未入學兒童了。」我說。

「總之小朋友就是不行。」

對方很堅持。

我心想，這麼麻煩還是走吧，可是又有點不甘心，於是我說：

「那我最後想打聲招呼，能否請店長出來？」

「店長在工作……」

對方很不情願，但如果店長沒換人，我真的很想見他一面。我和編輯討論工作時也曾多次造訪，況且我們全家每次都和他聊得很愉快。萬一他以為我們悶不吭聲忽然不再光顧，那未免太傷感情。

沒想到就在這時，我背對的入口拉門喀拉開啟，I君颯爽登場。

「哇，多少年沒見過這人了……重點是，他是哪家編輯部的人？」我一時之間沒認出他是誰有點心慌，但聽到他的聲音就立刻想起來了。

「我想進來吃飯，所以剛剛從外面探頭看。結果就發現吉本小姐。有什麼我可以幫忙的嗎？」他說。

「剛才這家我們常來的店說小孩不能進去，可是告示上面寫的是未入學兒童，我覺得不對，所以正在僵持。」我說。

「的確怎麼看都不像是未入學。」I君說。

不知為什麼那位女店員已經火冒三丈，氣呼呼地聽我和I君對話。這時店長終於從店內出來了。

是我完全沒見過的人，我嚇了一跳。

「請問，原來的店長辭職了嗎？就是那個看起來很年輕其實已經四十九歲的……」我說。

「是的。本店是連鎖店，全體員工都會替換。他已經去別家分店了。」新店長說。

是嗎，已經見不到他了啊。上個月他送馬鈴薯沙拉來，歡迎我們再次光臨那時竟然就是最後一面了。我心想，開店這點真讓人難過啊。

「我們打從剛開幕時就來過很多次。今天也想來吃東西，可是據說小孩不准進去，所以我想至少和原來的店長打聲招呼。」我說。

「我會轉告他。況且令郎怎麼看都不像是未入學，歡迎歡迎，請進。」店長說。

那位女店員更生氣了，也沒道歉就臭著臉扭頭回店內去了。之後她也有來替我們服務，但即使我笑臉相迎，她還是一直在生氣。很可悲，到現在我都莫名其妙。這也是開店常見的現象之一。很遺憾，她恐怕並不適合服務業。

不過，我和I君還有我兒子因此可以共進晚餐讓我很開心。

當初是不清不楚心有芥蒂地道別，所以能夠重逢，而且他還幫了我們母子，想保護我們，這點也讓我很開心。我們聊著各種人物的消息，吃著生魚片，詢問彼此近況，享受愉快的一餐。

I君對我兒子說：

「往坡上走一小段路就到我家了。從這裡一直走上去，比你家所在的位置更高。」

「是嗎？可是我們最近搬家也搬到坡上了。」我說。

「真的？我家離某某園很近。」他說。

「啊？我家也是！就在那旁邊。你的住址是？」我吃驚地說。

搬到新家時，我們曾去附近鄰居家一一打招呼，照理說不可能沒看到。

「×巷××弄。」

他說。那幾乎和我家地址沒兩樣。

「那是我家耶，怎麼會這樣？」

「吉本小姐家該不會就在靠裡面一點，最近剛搬來的？」

「對對對。」

「哇，那就在我家正對面。」

「我知道了！是黃色牆壁那家？我去打招呼時，是你太太出來應門。」

「沒錯，我老婆提過。她說今天對面的鄰居來過。還說肯定是同行。」

「啊～今後請多關照。」

「彼此彼此，請多關照。」

感覺有點一頭霧水。

之後我們歡歡喜喜地一起走上坡，回到同一個地方，再次向他太太鄭重致意，帶著滿心不可思議說晚安，從同一條路各自走進各自的家門。

對了，我和丈夫去打招呼時只有他太太在，他看到我丈夫和兒子時我不在，所以彼此都沒認出來，換言之，這幾個月以來，只有我和他一直沒打照面，所以自然無從得知彼此一直住在對面。

下北澤的神明肯定笑呵呵地旁觀吧。雖說遲早都會相遇，但如此戲劇化的重逢，甚至不得不感謝那個凶巴巴的兼職女店員。

新家附近有很多略顯可怕的人或者討厭和鄰居打交道的人，我們一家過去都是被孩子們的聲音環繞，鄰居都是年輕夫妻，過得很開放，所以經常很困惑。

但從那天起我忽然感到豁然開朗。我們會把別人給的水果或雞蛋與鄰居分享，把彼此創作的書放到對方的信箱，目送對方出門說聲路上小心，心情變得很開朗。

到現在雖然還是有立刻上門怒吼的人，但我已不再在意，而且總覺得房子本身好像也忽然有種願意親近我們的氛圍了。

只要I君還在做編輯，遲早肯定還有合作的機會吧。樣稿只要丟到對方家的信箱即可，開會討論時也住得近很方便。想起來就覺得愉快，甚至好像不用再離開這條街。

我選擇這條街後，也表示有另一條街無法再居住。有另一種無法實現的生活。也有不得不目送遠去的人。也有明明不用相遇卻遇上，變得很尷尬的人。也離開了我最愛的老街故鄉。

不過，在此定居後，最開心的就是有了圓（日圓）和緣。只需將手機和錢包鑰匙放進口袋，走在街上便會遇到熟人，能夠和各種人物共享這條街比什麼都令人感激。有很多鄰居自然而然地看著我家小孩成長。而且很不可思議的是，就算住得再近，和無緣的人甚至連擦身而過的機會都沒有。我肯定像《陰屍路》的主角們一樣，靠著屬於自己的緣分，正在建構自己的下北澤吧。

算命、吃飯、按摩、夏威夷按摩和書店，編輯、寫作者、美術設計和校對人員皆以最高水準一應俱全，這是我的下北澤。

畫插畫的小舞，歡迎妳隨時回來。

也歡迎各位隨時來這麼多采多姿的下北澤玩。如果喜歡，住下來或許也不錯喔。

幕後餘談① E10騎士

本文提到上馬的房子，其實在我樓上養小豬的那家人搬來之前，曾經住過Tortoise松本⑨先生一家。

所以我們現在偶爾也會一起去吃飯。真是不可思議的緣分。

就我所知的精彩人物中，他那位美麗嬌妻可排入前五名，不管發生什麼事

---

⑨ Tortoise松本：本名松本敦，搖滾樂團ULFULS的主唱，也是演員。

都不動如山（他甚至為此寫了一首歌高呼萬歲，慶幸能夠遇見她真好），她第一次拿著毛巾來我家打招呼說「我們搬到樓上了」時，當時我有個來自奈良的助理說，「關西人，又姓松本，肯定是Tortoise！」我說，「別傻了，應該不可能啦。」沒想到，竟然真的是他。

起初門外經常有ULFULS樂團的粉絲守著，我出門時還有人說「這人會不會是他太太」（很遺憾我並不是）。

松本家誕生了女兒，接著又生了兒子的那段重要期間，正好我家也剛生了孩子開始養小孩，所以讓我感覺特別有依靠。

那十年當中，同一棟公寓有三人都生了寶寶，所以熱鬧又快活。

我的書房正上方就是松本先生作曲的房間，所以我們還打趣說，「這條從樓上連貫到樓下的直線想必流動著驚人的創作能量！就算某一方陷入瓶頸，也能靠另一方的能量江湖救急。」

當時住在目黑的音樂人小澤健二來玩，大家還一起吃大阪燒。當時就是那樣的時代。

松本家有「小孩如果睡醒了，大人在別的房間也聽得見的監視器」或「吸引小孩注意的奇妙玩偶」等等，夫婦倆總是愉快地別出心裁帶小孩，讓我至今難忘。當時彼此都是第一次養小孩，生活方式也因此改變，有種少見的蓬勃生氣。

明星或歌手自帶耀眼的光環。

松本先生清亮的聲音、總是挺拔筆直的姿勢很有魅力。他散發出的某種氛圍讓我每次在電梯裡遇到他都有點緊張。即使只是簡單交談三言兩語，他優美的嗓音也總是讓我有聽到動人佳話之後的心情。

晴朗的週日下午，他為演唱會練習三弦琴的優美琴聲隨風傳來，我覺得自己賺到了。

雖然聽不清松本先生在說什麼，但窗子開著時，他的聲音總是清楚地傳到我們三樓來。

是非常有安全感的聲音。

最棒的是，在某個搖滾音樂節，奧田民生先生和松本先生競相登場的時期。我要照顧寶寶當然不可能去那個搖滾音樂節，但每天洗澡時，就會聽見松本先生在浴室練習〈E10騎士⑩〉那首歌。

那首歌本身就很棒，再加上浴室的回音和他美妙的嗓音，聽起來越發扣人心弦。想必他只是自己隨口哼哼唱唱，但窗子開著，我家的浴室窗子也開著，所以可以完美地聽見他清亮的嗓音，令我感動得掉眼淚。

多麼美的嗓音，多麼美的旋律，多麼美的歌詞啊。

因為不是自己的歌，所以松本先生真摯地想唱得更正確的樣子打動我的心。他真的很愛唱歌，只要唱歌，其中永遠蘊藏生命力。

不過，雖說住在不同樓層，但雙方光溜溜地一個唱一個感動地聽，如今想想，這條縱貫線也相當好笑呢。

那真是幸福的時代。

⑩E10騎士：一九九六年奧田民生發行的第六張單曲。

幕後餘談② 真的是幕後消息……

幕後餘談的危險度越來越高，已經變成不知幾時會被禁刊的文章。

在完全掌握那種建後出售或某種程度規格已確定的住宅規矩之前，我已委託原本的工程公司多做一個壁櫥和水龍頭。這種事還是不要鬧脾氣，找原來建造的人最好。

某天，因為有追加工程，我送飲料過去，正好遇上工頭一個人過來。按照預定計畫應該是下午一點開始施工，這時已經四點。

這是怎麼回事？而且不是應該有兩三個人一起來施工嗎？我覺得奇怪，買的一大袋飲料完全多出來了，但我還是先交給對方。

「謝謝。這麼多喝不完哪，回辦公室後我會和大家分享。今天只有我一個人做。這邊八成沒有牽管線過來，所以二樓也許無法安裝水管……但我先試試看。」

他說，感覺有點像菊地成孔⑪。

而且，是宿醉未醒或演唱會剛結束累得半死的成孔……。

他的臉色很糟，手臂不知為何還貼著不知是抽血或打點滴之後的ＯＫ繃。

「請不要太逞強……」

我說，然後就回家了。

後來，從房屋仲介那裡聽說「他住院了……說不定暫時無法出院」時，我多少理解了。

二樓當然沒有裝水管，三樓有，但不知怎地沒有水龍頭只有小小的螺絲。怎麼看都像是施工半途而廢。

看來他的身體真的很糟吧，我有點難過。

為了房屋仲介商的名譽我得聲明，後來他們當然替我修好了水龍頭，其他的小毛病也由代理工頭迅速施工完畢。

神似成孔的他就這樣了無痕跡地從我的人生離去……。

離去無所謂，但他是建造我家房子的人（雖然只是不知會住多久的小房子），是建造我們現在這棟房子的工頭，所以我希望他能夠健康長壽。

---

⑪菊地成孔：爵士音樂家、作曲家、作家。

後來，房屋到處都有黏膠剝落（笑），我說：「到處都剝落了。」那位負責做檢查悠哉回答「啊……那沒關係」（關係可大了！）的可愛小帥哥，長得很像音樂人山崎將義，這點我也想順帶補充（為了什麼補充？）。

再補充一句，當時一起來的中年大叔同樣悠哉得要命，看到我家的狗，他說：

「狗真的很可愛呢。我養的第一隻黃金死後，想到狗就很傷心很難過。牠會一直待在玄關等我回來呢，從來沒有人對我做過這種事。」

聽到他這麼說，我不禁想，「檢查也相當窩心很不錯呢……雖然不見得每次都是你們來檢查。」

一切全靠隨機應變，每次若對他人有愛，想必很多事情都能往好的方向發展吧。

幕後餘談③　擔心自己

現在已經把旅行當成主業的電視製作人高野照子，在我家小孩還小時任職東映，因此邀我們母子去參加最愛的假面騎士KABUTO的活動。

我永遠忘不了的是，在那裡她讓我們見到了假面騎士的製作人白倉伸一郎先生和武部直美小姐，聽到很多精彩故事。他們想做出足以名留青史的現代最有趣題材的那股熱情，更重要的是他們對哲學的重視，對我很有參考價值。

假面騎士系列從電王開始逐漸走向華麗歡樂的大眾娛樂路線，但是到

KABUTO為止還帶有之前的響鬼或空我的暗影，非常有意思。

……呃，沒興趣的人恐怕完全看不懂我在說什麼，總之就那麼回事，請各位隨便看過就好。

在照子的安排下，我和兒子也見到主演者水嶋斐呂君和佐藤祐基君。那時談話會馬上要開始了，但他們毫無不悅，還是跟我兒子合照握手。

照子自己在東映已是名人，所以他們在照子面前也一直面帶笑容，很健談，聽說我和兒子每星期都熱心觀賞也非常高興。

我非常喜歡斐呂君飾演的天道這個人物。那是個熱愛烹飪的孤獨英雄。雖然心愛的妹妹變成異形令他很痛苦，但他仍然舉止開朗臭屁地繼續做出美食正是最大的看點。

現實中的斐呂君感覺更溫柔，完全是另一個人，我不禁深深佩服他的出色演技。

話說，提到飾演假面騎士的這些小鮮肉帥哥，不僅之後多半成為出色的演員，恐怕也讓這世間的媽媽們都熱血沸騰吧。

不過，很可悲的是我對帥哥幾乎毫無興趣（每次我這麼說，我丈夫就會露出很傷心的表情，因此我都會留意強調：『但是也有例外喔』），對於這二位帥氣出眾，看起來運動神經也很發達的帥哥，我只是像媽媽看兒子一樣保持慈祥的微笑。

沒想到之後，照子說：「等一下，現在說不定可以見到KABUTO和GATAKKU！」然後就在走廊狂奔。

我們跟過去一看，前方正是所謂的皮套演員（Suit Actor），假面騎士KABUTO和GATAKKU就站在那裡！照子和他們講了半天懇求之下，終於得以和二人（二隻？笑）同意在「照片不公開」的條件下合影留念。

說到我當時開心的表情，簡直害羞得像新娘子（？），當我詢問能否握手，對方帥氣又爽快地默默點頭，讓我越發花痴地失神。

就女性而言，我這種個性簡直是絕望的人生，但這起事件，我覺得絕對和我現在喜歡船梨精有相通之處。

人類男性算什麼（？）！

幕後餘談④　作品們

在B&B書店與音樂人岡村靖幸對談時，過於軟弱的岡村讓我很心痛，拼命鼓勵他往藝術的方向發展。

雖然感覺如此軟弱，但他的聲音是表達那個世界的突出藝術。他只是說了些什麼，便在聽者心頭重重回響。還有他講話那種獨特的停頓方式。我不禁感嘆他真厲害，用旋律唱出歌詞傳達給大眾的人，聲音果真特別啊。

妝點我們青春的岡村美妙的歌聲會永遠留存。

人只要活著，本身就是作品了。

同樣是在B&B書店辦活動時。有個女孩本來說身體狀態欠佳可能不能來、自稱極端孤獨有心理疾病的她，最後還是勉強來了。我們稍微聊了一下，撇開作品不談，我本人完全無法為她做什麼。

只能抱著希望她加油的心願和她聊一聊。

下一次活動時，她變得稍微開朗，又來參加了。

我當然絕對說不出「妳是上次狀態欠佳的那個人吧，現在怎麼樣？」這種話。那樣顯得太輕浮，況且我認為只要相視一笑就已足夠。

她看起來還有很多難題，但雙腳穩穩踩著地面，眼睛散發只有活人才有的耀眼光彩。

我想告訴她：或許妳自己不這麼認為，但妳光是這樣活著就是作品了。創作者不是神明也不是妳的父母，妳的靈魂與肉體融合形成唯一的妳，是妳每天做的選擇映現出妳自己喔。

現在，我也想對包括自己在內的所有沮喪消沉的人這麼說。

京都另外還有「Prinz」這家有名的咖啡店。樓上可以住宿，也有畫廊，販售國外的攝影集，也有院子，空間寬敞又讓人安心。

之前曾和我疲憊的家人一起去過「山野派」的京都朋友——生活方式很龐克的自然派藝術家外村真由美，與我們一起去了那裡。天氣熱，店內幾乎沒客人，陽光燦爛照進整間店。起初我兒子照例表演魔術給真由美看，二人理直氣壯佔據了最大的桌子。

我們夫妻坐在別桌邊看邊喝果汁。後來陽光實在太強烈，大家都受不了，於是自行換座位。不知佔領了位子多久？而且我當時正在等要緊的電話，可是手機沒電了，店主還讓我充電，我們又點了一些飲料，安心坐在涼爽的位子上，結果我兒子真的躺下睡著了。我們大約在店內待了二小時。要走的時候才發現沙發被我兒子沾了口水，我拚命擦拭，一邊反省：「我們真是超爛的奧客耶……」一邊趕去參加京都的御手洗祭典。

那段丟臉的回憶，也成了我對京都咖啡屋的回憶留在我的黑歷史。

幕後餘談⑤　奇妙之旅

我姊生病了，也已排定開刀時間，就在終於要準備開刀時，她突然逃走了。

我覺得很誇張，但對照顧年邁多病父母的姊姊而言，如果不那樣臨陣脫逃，恐怕不可能讓醫生重新安排開刀日期。

正在照顧病人或老人的人，必然會自我束縛。

「先拜託旁人照顧一下，自己溜出去吃點好吃的吧」的動力會漸漸消失，對那種行為產生罪惡感。

「我以前甚至無法這樣悠哉地在中午走進陌生的店家！」當我接到姊姊從東京車站的大丸百貨傳來這則訊息時，我想，「姊姊這樣做是對的。」

我心想她一直孤單獨處也不好，於是決定在姊姊逃來京都的第一天陪她。我打算租車載她去她以前住過的那一帶逛逛。

「請你搭新幹線跟我一起去，替我開租來的車。」我這麼一開口，我的兼差司機說，「不如直接開車過去吧？」

一生有一次這種經驗或許也不錯……我想，於是打包行李帶上小孩，坐他的車直奔京都。

一個人開七小時的長途，就算中途在濱名湖吃鰻魚補充了精力恐怕還是很累。

我和姊姊在飯店會合，一起去居酒屋喝酒。只是平凡無奇的京都居酒屋，但打從姊姊住在京都以來，我們已經有三十年沒有一起來京都，這個事實讓我嚇一跳。現在，姊姊抱病在身，這麼一想就覺得很不可思議。姊姊那對看慣的乳房馬上也要割除了……。

我如此暗忖，翌日和姊姊去了寶池及左京區書店等懷念的地方舊地重遊。我和豪放的京都閨密會合後，她還替我去接獨自散步結果走到複雜場所攔不到計程車的姊姊。

「車借我，我知道路。」她說。

「妳第一次開這輛車真的沒問題嗎？不如我去吧？」

司機小哥憂心地這麼問讓人很窩心。

「啊，沒問題。」

她撂下這句話就開著我的車一溜煙走了，看他略顯吃驚，我忽然覺得挺好玩的，幸好沒有到京都再租車。

我的小車已經買了二十幾年，能夠被各種駕駛技術厲害的人開著跑遍京都，車子一定也很高興吧。

翌日在飯店分配房間，形成「姊姊和我」「我兒子和兼差司機小哥」這種奇妙的組合。因為除此之外的任何組合都不太妙（笑）。

那家飯店格局非常細長，二個房間分別位於邊間，距離超遠。小孩在我和姊姊的房間洗完澡後，我得大老遠把他送回司機小哥的房間。

我們手牽手走過漫長、昏暗、空無一人的走廊。

我懶得換衣服因此穿著拖鞋和睡衣，手裡只有一張房卡。

「和媽媽分開有點寂寞耶。」小孩說。

「媽媽也覺得獨自回去很寂寞。」我說。

把孩子送回房間一看，司機小哥正躺在房間等候，「嗨，小滿。」他喊我兒子名字。我忽然安心了，又自己長途跋涉回姊姊等候的房間。

感覺真是很棒的回憶。

幕後餘談⑥　下北澤的大野舞

小舞和超遠距離戀愛的男友無奈分手後，發現彼此還是不能沒有對方，於是決定同居，最後在家人的祝福下結婚生子。

能夠正好和人生發生如此重大事件處於特別時期的小舞合作一段時間，我感到非常榮幸。

彼此都很忙，因此並非經常見面。

但我總覺得小舞就在附近。

今年，小舞因為先生的工作關係搬到很遠的地方。

想到再也看不見小舞抱著女兒走過附近的模樣，就覺得很寂寞。

人生有各種時期，現在我毋寧更想珍惜曾經擁有過那段時光的感激，幸福地描繪彼此的嶄新人生，當然今後要是還能不時有交集就更好了。

人生的小船偶爾會自行做好出航的準備，從港口揚帆出發。

之後只能掌穩舵，把各自的心情開朗地調適過來。

小舞以前住的地方，湊巧就在我以前在代澤的住處旁邊。

只要走到坡下，就可以看見小舞家的燈光。

我們一起去吃飯時都是在坡下道別。

彼此如果出門去了哪裡，就會買伴手禮回來塞進對方的信箱或掛在玄關門把上。

大地震時也因她就在附近讓我感到很有安全感，在停電後一片漆黑的我家烤羊肉，一起喝葡萄酒。唯有那段時光閃耀光芒。湊巧鄰居都聚集在一起讓人很安心。

小舞夫婦曾和我們母子去仙台看「JOJO的奇妙冒險」漫畫展，大家住在細長型的小飯店，吃吃喝喝還唱了卡拉ＯＫ。一邊笑著說我們幹嘛大老遠跑來仙台唱卡拉ＯＫ。

也曾坐小舞先生開的車去她的娘家烤肉，回程同樣一起回到下北澤。

我知道，那看似理所當然的每一天，只不過是人生的短暫時期。因為這五十年來，「前一刻還在身邊每天見到的人轉眼已難以相會」，在我的成長過程中是理所當然的認知。

類似在機場擁抱後，走進安全檢查門的那一刻。

早上一起吃飯，剛剛還一起游泳，邊喝茶邊無所事事閒聊。可是，人已經不在了。碰觸不到。雖然手上還留有餘溫。雖然耳中仍聽得見對方的聲音彷彿近在眼前。

我早已明白，當彼此相隔越過一定距離時，一個時代就結束了。但之後過一陣子，又會在同一條街上偶然相逢。

這大概是神賜給我們的恰到好處的準備期吧。

小舞出色的頭腦，溫柔的心，蘊含瘋狂的驚人繪畫才華，即便相隔遙遠我也想繼續支持。

再見，下北澤的小舞。謝謝妳的種種照顧。

我只能深深祈禱，願妳今後越發成長，創作更厲害的作品，深深潛入自己的內心，在人生中拾取無數寶物。

幕後餘談⑦ 真的很不妙的施工現場

我對這件事，沒有任何怨恨或心結。

對於在此提及的那些人的任何事，只要他們認為好就好，我的心情非常單純明快。

所以才能這樣悠哉地寫出來。

我家附近的老房子住了一對老夫妻。他們說「房子要整修，所以得暫時搬離，施工可能會很吵還請見諒」，然後就走了。

結果那根本不是施工，是拆房子。進度超慢，每十五分鐘就停下一次喝茶吃點心，做得慢條斯理。

最後只剩下很細很細的柱子，其他的全沒了。

這樣叫做整修嗎？然後我才知道，只要柱子還在，就算把房子全拆了也算整修，據說這樣比蓋新房子更能夠節省稅金。

若是如此也太慢了。眼看工人在拆光的屋頂下慢吞吞鋪設地板，任由地板被雨水淋得濕漉漉，我常常懷疑，這樣真的沒關係嗎？

以前做過建築業的計程車司機說：

「這可真是不得了的工地啊。」

我好奇地追問詳情，果然就各種角度感到擔心。

本來該在一個月之內結束的工程最後耗了三個月。

我想也是。畢竟一直那樣停下休息。

而且那三個月之中，他們為了檢查瓦斯表還從我家院子繞路，或者自行進入我家院子坐下悠哉吃便當，簡直是昭和時代！

這種小事情當然完全沒關係，但最後完工時才發現（拜託別到那時才發現好嗎），只要一下雨，從那看起來分明只是隨意拼湊的屋簷就會有大量的雨水潑落我家，於是他們這才緊急加裝遮雨棚，但那棚子竟然距離我家只有三公分！

一切都見招拆招，很隨便。

我在本書常提到的兼差司機小哥看了說：

「這是沒有一級建築師的工地特有的現象。」

因為是裝修公司，所以沒有一級建築師，唉，沒辦法吧。

總之我天天都可以聽見那些人說：

「啊！這根柱子果然不夠長。」

「差了十五公分啊，那就用這個補上吧。」

即便如此，房子還是完工了。比預定時間晚了整整二個月……。

這段期間，那對老夫婦住在何處，因為沒那麼熟所以我完全不知道。

不過，想到耗費的成本，說不定根本沒有節省到稅金。

就算一個月的預定施工期因為「房子意外老舊」拖拖拉拉搞到三個月，想必也無人會因此打官司。

我每天都會遇見施工的人，除了工作態度散漫，其實是很好的人。

不知該說大家都沒錯，還是該說大家都有錯。

老夫婦搬回來後來打招呼時，我忍不住說：

「呃……我不便多說，不過萬一哪裡出現問題，我是說如果啦，我覺得找別家公司施工可能比較不會花時間。」老先生回答的那句「我們已經累了」讓我印象深刻。

這前所未有的怪誕時代，到底該如何生存下去，倒是令我重新反思一番。

藍小說 842

想想下北澤

作　者—吉本芭娜娜
譯　者—劉子倩
編　輯—張瑋庭
封面插畫—大野舞
封面設計—蕭旭芳
內頁排版—極翔企業有限公司

副總編輯—嘉世強
董 事 長—趙政岷
出 版 者—時報文化出版企業股份有限公司
108019臺北市和平西路三段二四〇號三樓
發行專線—（〇二）二三〇六—六八四二
讀者服務專線—〇八〇〇—二三一—七〇五
（〇二）二三〇四—七一〇三
讀者服務傳真—（〇二）二三〇四—六八五八
郵撥—一九三四四七二四時報文化出版公司
信箱—一〇八九九臺北華江橋郵局第99信箱
時報悅讀網—http://www.readingtimes.com.tw
電子郵件信箱—liter@readingtimes.com.tw
法律顧問—理律法律事務所　陳長文律師、李念祖律師
印　刷—紘億印刷有限公司
初版一刷—二〇二〇年八月七日
定　價—新臺幣二六〇元
（缺頁或破損的書，請寄回更換）

時報文化出版公司成立於一九七五年，
並於一九九九年股票上櫃公開發行，於二〇〇八年脫離中時集團非屬旺中，
以「尊重智慧與創意的文化事業」為信念。

想想下北澤 / 吉本芭娜娜著；劉子倩譯 . – 初版 . – 臺北市：時報文化, 2020.8
面；公分 . –（藍小說；842）
譯自：下北沢について
ISBN 978-957-13-8311-8

861.67　　109010975

ISBN 978-957-13-8311-8
Printed in Taiwan